A ESTÉTICA DA INDIFERENÇA
romance

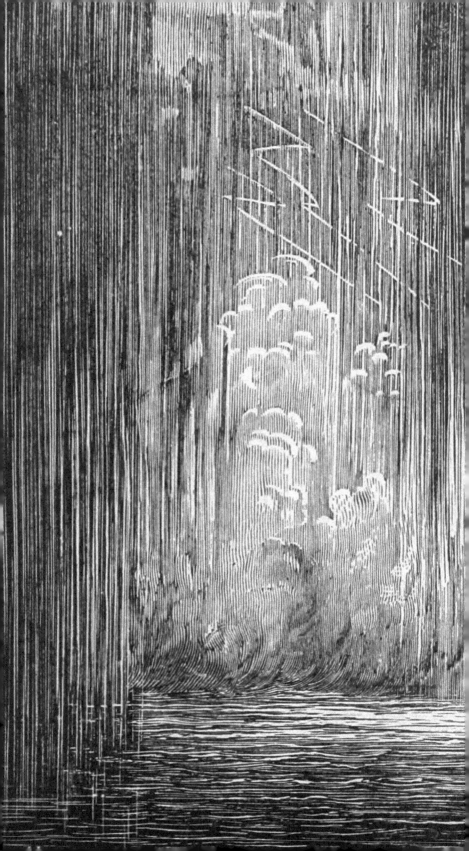

A ESTÉTICA DA INDIFERENÇA

romance

SIDNEY ROCHA

ILUMI/URAS

Copyright © 2018 desta edição
Editora Iluminuras Ltda.

Foto da capa
The couple, 1934.
Alexander Rodchenko.
Coleção particular
© Rodchenko's Archive
2011, ProLitteris, Zurich

Foto da orelha e da página 245
Anny Stone

Revisão
Selma Corrêa

Projeto gráfico
Sidney Rocha

CIP-BRASIL. CATALOGAÇÃO-NA-FONTE
SINDICATO NACIONAL DE EDITORES DE LIVROS, RJ

R576e

Rocha, Sidney
 A estética da indiferença : romance / Sidney Rocha. - 1. ed. - São Paulo : Iluminuras, 2018.
 246 p. : il. ; 22 cm.

 ISBN 978-85-7321-597-7
 1. Romance brasileiro. I. Título.

18-53360
CDD: 869.3
CDU: 82-31(81)

2018
EDITORA ILUMINURAS LTDA.
Rua Inácio Pereira da Rocha, 389 - 05432-011 - São Paulo - SP - Brasil
Tel./Fax: 11 3031-6161
iluminuras@iluminuras.com.br
www.iluminuras.com.br

Para Mário Hélio, Marcelo Pérez e Samuel Leon

Sumário

Sight, 15
Hearing, 39
Taste, 121
Smell, 205
Touch, 235

Sobre o autor, 245

[...]E se esse espetáculo prosseguisse pelo futuro que se vai abrindo à frente sempre cinzento sob o bramido incessante da orquestra e dos ventiladores, acompanhado pelo aplauso que se esvai e outra vez se avoluma das mãos que na verdade são martelos a vapor [...]

["Na galeria", Franz Kafka]

SIGHT

Há muitos pontos de partida. Um jardim florido imune à tempestade. Um raio ilumina ao fundo esse jardim. Um riacho. Uma ponte. Um grou ou uma cegonha. Um soldado admira uma mulher amamentando em meio aos escombros de uma vila.

As ruínas não são flores que valha a pena cultivar. Nunca me esqueci dessa frase nem quando Hana a disse a mim em meio ao jardim iluminado. Ela insiste: jamais fez esse comentário. Quem se importa? Mudamos, e com o tempo, não sabemos mais a verdade, ou as coisas perdem o interesse, a força, o brilho, o contraste... e o que dissemos já não dissemos, e quem amávamos já não amamos.

Enquanto não vem o Grande Meteoro, prefiro me deliciar com a nossa casa. A beleza das encadernações dos livros na estante, apesar das terríveis histórias contadas neles. O leve ou voluptuoso aroma das comidas, sem nos lembrarmos de quantos animais foram abatidos para nos proporcionar aquele breve prazer. E o como falar da música do piano? Ou dos muitos travesseiros macios sobre a cama, e até mesmo o gosto dos nossos beijos?

Abra as cortinas, por favor, Hana me pede. Gosto de cumprir todos os seus desejos e caprichos. Por isto passamos a morar em Amaravati, o condomínio perto de Cromane. Ela queria um lugar onde germinasse a felicidade, e conseguiu.

Em lugares assim nem todos se sentem à vontade, mas é perfeito para dois tipos de pessoas: as primeiras gostam de cultivar a graça e o talento dos atores incompletos, e as segundas sabem viver dentro de certas pinturas, como as de terra azulada, cor de petróleo, barro escorregadio...

Já eu e Hana, assumimos a simples verdade de sermos apenas modestos atores de nosso próprio drama ou comédia, conseguimos desfrutar a vida, e somos felizes.

Amaravati tem uma localização privilegiada, e por isto mesmo não é distante das principais rodovias que conectam Cromane a aeroportos, ferrovias e outras estradas... Além disso, conta com um espetacular Club House. Ele oferece muito mais do que o típico salão de atividades recreativas dos condomínios fechados, e a academia de ginástica, os vários banheiros completos, a piscina estilo lagoa, com cascatas, e acesso à praia, hidromassagens e jatos d'água.

Quem gosta de tênis pode jogar tênis, quem gosta de golfe tem o melhor campo da região, e assim por diante. E quanto à recreação infantil... os mais entusiasmados já não querem ir à Disney pela sétima vez, desde que passaram a viver aqui. Por fim, o mais importante de tudo: a segurança. Guaritas com as melhores armas e a tecnologia atualizada 24 horas por dia.

Há dois modelos, ou níveis, de casas. Cada uma delas, seja qual for o tamanho, forma um microcosmo, como se morássemos numa casa de fazenda, à parte, e, ao mesmo tempo, dentro da cidade. No modelo básico, a área construída é de 515 metros quadrados, aproximadamente. As diferenças são sinônimos de extensão, localização e luxo, e, claro, a beleza e o conforto. Se a arquitetura não tivesse obsessão por classe, as casas dos pobres seriam belas e cômodas.

Até o carro chegar a qualquer estrada de asfalto há tempo suficiente para baixar o vidro, fumar um cigarro e ouvir as cigarras no meio dos eucaliptos. A plantação se estende por quilômetros dentro da mata e, lá em cima, na serra, se confundindo com arco-íris, ainda são eucaliptos aquelas lanças.

Cada caule dessas pragas consome cinquenta litros de água por dia, ouço o capitão bradar, às vezes, como fantasma, no banco do passageiro. Exagero.

A água do mundo já teria se acabado, meu amigo, respondo; enquanto o carro avança, e eu vejo o rio, e se afastam da vista imediata, e não da memória, os eucaliptos.

O capitão olha para fora e gesticula apontando com sua motosserra-metralhadora ectoplasmática: Eucaliptos, cambada de ladrões, vocês não servem para nada.

O humo nostálgico dos que amam eucaliptos tem um nome: Roger. Aposto que ninguém sabe quem foi ele. A humanidade toda parece padecer de Alzheimer, pois as pessoas não costumam se lembrar do que realmente importa.

Foi ele quem melhor propagou as virtudes do eucalipto. A ponto de fabricar os melhores cigarros de eucalipto e atribuir a eles efeitos excitantes e tônicos, e com a vantagem de serem totalmente saudáveis, ao contrário do tabaco. Por qual razão ou azar não prosperou a indústria do botânico francês Guilherme Roger? Porque amamos as doenças e os vícios, adoramos viver em perigo e nos matarmos pouco a pouco.

Se os óvulos e espermatozoides fossem de eucalipto seríamos mais limpos, incluindo os pretos do Senegal, onde Roger repovoou uma floresta inteira. E fez a mesma coisa no Cairo. Muito melhor do que encher o mundo de pessoas é plantar árvores.

Tenho de reconhecer: a casa onde moramos é de segunda mão. Mas não a nossa felicidade. Nem a mim nem a Hana incomoda adiar para outra vida o sonho de uma casa virgem. Já estamos velhos. A felicidade para os velhos deve ser mais do que as uvas passas de Natal. Isso antes, quando a casa onde morávamos ainda era a fazenda do barão. Tudo era dos barões em Cromane.

O 'nosso' barão se chamava Laudino, perito em vexames, como o de, no meio de uma peça de teatro, gritar da plateia: "pisotear os mortos e caluniar os vivos". Ou o contrário. Sem ninguém saber ao certo se ele era um dos mortos ou dos vivos, ou o que significava aquilo, e ele continuasse perguntando.

Estamos mortos? Estamos vivos? A quem caluniamos? A quem pisoteamos? Entre o pisotear, o caluniar e o silenciar cúmplice ou indiferente residem toda a fortuna e felicidade, quanto dinheiro ganhamos ou deixamos de ganhar, o modo como nascemos e seremos enterrados.

Tive pouca tensão ao longo de toda a vida, e sinto agora muito menos eletricidade nos músculos, nervos e ossos. Nos últimos dez anos a felicidade me deu trinta quilos a mais e nenhum arrependimento a Hana. Na velhice e na juventude o vigor e a higidez são os melhores presentes. Hana tem a aparência dessas modelos dos anúncios de moda ou de comida.

Não me canso de vê-la cuidar da casa, exercendo o trabalho dos que não precisam ter trabalho, e o fazem apenas por prazer, e até em frenesi. Os seios duros são mérito de cirurgião. Ela é um peixe elétrico dentro da malha. Por fora, a energia que vem da beleza das mulheres muito maduras que se deliciam sendo vistas e elogiadas. Nenhuma felicidade autêntica pode prescindir de narcisismo, exibicionismo ou voyeurismo.

Gosto de contemplá-la em nosso quarto, até ver o sol nascer, no mês em que as cerejeiras são mais vivas e nostálgicas. No inverno, os livros fedem a flor de velório e nunca consigo tirá-los todos de perto. E me recordo daquele homem, morto pelos fungos dos livros velhos, de quem nunca soube o nome. Talvez não tenha sequer existido. Não faz mal. Quando chegaram no quarto, o encontraram com *Dias felizes* nas mãos. Temos um exemplar desse livro em nossa casa, se Hana não o jogou fora, por conta da *energia*, da conexão de tudo, da consciência cósmica que nunca salvou um zé ninguém da bancarrota. O homem morto com o exemplar na mão é como a história extravagante do barão Laudino, tão rico e tão poderoso, mas morto afundado em toda a merda de Cromane, quando a fossa arreou sob seus pés.

No gráfico de nossas vidas, vejo as retas, não as curvas. Tampouco enxergo os picos, as colinas ou as depressões de cânions.

Vivemos na Roda da Felicidade e não da Fortuna, sem temer estar no topo hoje e amanhã em um inescapável pesadelo. Não há decisões tomadas de rompante.

Gosto quando Hana me fala de sua teoria da evolução espiritual, com resultados ainda na Terra: a vileza só ocorre aos vis, a maldade aos maus, e alguma tragédia pode se dar quando as pessoas controlam exageradamente seus instintos ou se deixam correr soltas com eles.

"Você não pode achar que agindo como um bode, Deus vai lhe reconhecer como um homem, Michi."

Dias felizes de uma vida feliz, como nos livros felizes de nossa biblioteca.

Sempre digo a Hana que um homem com mais de 60 anos nunca deve se olhar no espelho: corre o risco de ver sua alma exatamente igual ao que é o seu corpo. Não sei porque Hana insistiu em ter um grande espelho no quarto. Ela sabe que a velhice é um reles cinema feito de closes, e câmaras muito lentas. Até que chega o Dia. Tragédia? Comédia? Farsa? Que diferença faz?

Alguns chegam a esse momento como atores profissionais, mas, graças a Deus, eu e Hana somos amadores, e por isto não sabemos o que fazer com as mãos, os espelhos e o tempo. Embora devagar, ela também aprende com as leituras. Ontem, me disse:

A única maneira de passar o tempo, quando até as palavras nos abandonam, é cortar as unhas e pentear os cabelos.

Saímos de Cromane, entre outras razões, por causa do barulho e dos conflitos. Estacionar o carro, uma briga. Comprar pães, uma querela. A fila no restaurante, desinteligências. As pessoas respiram desavenças.

Decidimos que não vamos nos opor mais a nada. Se chove para cima, terá a ver com a natureza e sua sabedoria. Se destroem as florestas, e nisso acertam o coração do Sr. Roger, não discutimos com as motosserras. Se o teatro pega fogo e o busto de Tchecov se retorce, nada a fazer, cada um merece o que tem. E temos Hana a mim e eu a Hana, Hana a casa, a casa o jardim, o jardim os caminhos floridos de Amaravati.

Se cai o Grande Meteoro e o mundo se acaba, e somente depois Amaravati, não importa: o fogo nos pegará a mim e a Hana no meio de uma risada. Desse jeito a vida segue, a nova engenharia da felicidade como um bom slogan.

*

No condomínio há velhos e velhas conectados a SOS de todo tipo, começando pelo acesso a médicos, hospitais, clínicas... Hana e eu não participamos do rateio das internações e dos *homecares* que flertam com a morte. Enquanto estão por lá, as ambulâncias criam sutilezas ao tempo já resinoso de Amaravati e as casas submergem em esmagadores mergulhos de apneia, depois daquela vez com a Sra. Karol Meyer: 18 minutos e 32 segundos, casada com o lenhador que descobriu as leis da felicidade humana, mas que não voltou ao condomínio nem a este mundo para contar.

Por um tempo, as bolotas amarelas – que nos recomendou o *personal farmer* – viraram galinhas no quintal. A motivação rural não durou muito. Certa vez, entrei pela cozinha com os últimos pescoços já retorcidos, sob os sovacos. Hana ficou furiosa. O cheiro de penas queimadas no caldeirão a fez afundar em alguma recordação terrível. Ela me encarou com olhos de abominação, isto também me irritou, e joguei os cadáveres na lata de lixo.

Os frangos voltaram a vir, sem pena, do supermercado, vitaminados, protegidos, limpos, seguros, e com mensagens quase de amor do fabricante e do vendedor, ou qualquer expressão de alegria idiota a que muitas vezes se junta um "surpreenda-se", ou "somente para você."

Se dissesse que não nos meti mais no mundo da criação estaria mentindo. Tomás, nosso vizinho duas casas subindo a rua, cria porcos. Ele é um negro bem remediado, com vários negócios: de carne a pedras semipreciosas. Tem sociedade com pobres e ricos, usando bem aquele jeitão de boêmio e a presença de espírito, e de corpo, pequeno demais para a picape na garagem. Como todos os pretos, Tomás não aparenta a idade que tem, e nos faz mais felizes com suas ideias. Sobretudo quanto aos porcos.

Os porcos ainda vão salvar a humanidade, Michi. A indústria de transplantes mais verdadeira e produtiva logo chegará a eles. Por ora, temos apenas a alma ou o espírito de porcos, mas trocaremos o nosso coração limitado e humano por um completamente de porco.

Tomás mora sozinho. Na verdade, tem várias amantes. A principal delas se chama Glockinha. É uma pistola calibre 380. Pronta para sorrir, como gosta de dizer ele, aos sindicalistas e oficiais de justiça.

Você entende de armas, Michi?

Pode apostar.

Venha qualquer domingo desses para darmos uns tiros.

Claro!

E fui. Na verdade, ele veio. Não era domingo, era sábado. Tomás e Glockinha chegaram na camionete. Ele buzinou, abriu a porta do carro.

Vamos. Pegue a munição. Você tem uma arma, não tem?

Eu tinha.
Não, não tenho, respondi.
Não tem importância. Venha.

Havia uma névoa róseo-amarronzada roncando na parte traseira.

Pensei que fedessem mais.
Não os meus barrões. Castro todos. Isso impede de se estragarem quando viram toucinho.
Você não faz isso.
Faço. E sem anestesia. Qualquer hora apareça e eu lhe mostro.
Não, obrigado.
O mau cheiro vem da testosterona. E do excesso do escatol. Porém, minha faca purifica a carne.
Não, você não faz isso.
Faço. E faço eu mesmo, não peço a empregados.
Você é veterinário?
É como se fosse. Na verdade, sou melhor.

Olhei para trás e não encontrei ali exatamente a gratidão. As bestas lutavam no interior da carroceria, e eu temia quebrarem o vidro e partirem para cima de nós.

Estão amarrados. E um pouco bêbados — disse Tomás.

Vai direto vendê-los na cidade?

Não.

Vamos descarregá-los na sua propriedade, antes?

Não.

Desbravamos veredas de barro e capim, já fora de Amaravati, dentro da mata. Até que.

Chegaria vinha chegando chegou a Noite.

*

Ontem me reencontrei com a minha irmã. Décadas sem vê-la. É meia-irmã. Se é minha irmã pela metade, espero que seja da metade para cima, senão iremos os dois para o inferno.

Não sei porque ela estava com equipamento de mergulho e decidida a ver os peixinhos, apesar da tempestade e das ondas de dez metros de altura e do repuxo do mar e as cobras d'água.

Eu fiz de tudo para convencê-la a desistir, e ela preferiu ceder aos apelos apneicos da Sra. Karol Meyer: "Não dê ouvidos a esse covarde."

Foi. Não voltou. Tentei perseguir a mulher, mas fui mais fraco e o turbilhão mais forte. Por fim, a encontrei: era já uma madona linda e terrível, como aquelas vistas nas pinturas. Tentei retirá-la da tela, ela escapou. Seu sorriso sangrava pelos meus dedos. Fiquei aterrorizado. Como se estivesse com meu urologista numa sala.

"Você precisa me salvar", eu disse. "Estou confuso, me ajude: não sei distinguir o que vejo, há muitas paisagens agora diante dos meus olhos."

Meu fôlego se esgotou. Quando dei por mim estava num armazém com muitos cavalos a coicear as pessoas contra as paredes, e preso nas ranhuras de uma porca, o parafuso gigantesco a ponto de me esmagar contra a rosca.

"Agora", eu disse ao médico, "estou *vendo* o som azul saindo desse alto-falante aqui atrás...". E escutei com toda a nitidez alguém dizer:

"Cada palavra me estremece, e faz meus cabelos eriçarem: eu completei toda a medida de meus delitos horríveis e bárbaros: já consumi minha honra, e já respirei ao mesmo tempo a impostura e o incesto: minhas mãos de homicida já despertas estão para vingar-se, e seus desejos são de manchar-se no sangue mais inocente que haja."

Outro, porém, me avisou:

"Não há nenhum alto-falante aí atrás."

Eu corri. E logo me vi diante de cenários tão fantásticos que comecei a vomitar.

"Estou no inferno", pensei.

Estava em uma cobertura desses edifícios grã-finos.

Foi quando vi a garota. Devia ter uns vinte e cinco anos.

"Que gostosa", eu disse.

"Tenha modos, rapaz. É minha filha. É quase uma criança."

"Desculpe. Como eu iria saber?"

Ele disse a palavra:

"Dinheiro."

Eu materializei sua palavra. O lugar todo se encheu de dinheiro. As paredes passaram a ser de dinheiro, o teto, os móveis, as gavetas e o interior das gavetas, os quadros e as molduras...

O ar se transformou em dinheiro. Eu me transformei em dinheiro. Estava preso às efígies. Conseguia ver os micróbios nas notas sujas.

"Socorro", eu gritei. E vi a garota se atirar do alto do prédio cujos ângulos nunca se tocavam. Era Amara. A linda esposa de Siberí.

Ao cair da altura de mil andares, Amara se transformou em uma personagem de Modigliani.

"Me salve, Amara", eu gritei. "Eu te dou todo o dinheiro do mundo." Sem reação: a tela permaneceu imóvel.

Ainda que suas pestanas bem pintadas piscassem como se fossem aspas e quisessem me apontar os dois amantes inseparáveis, cantados por Halina, vistos num quadro, pode-se dizer que estavam mesmo enquadrados, em dor, mais do que o dinheiro materializado em todas as moedas do mundo, a vida, unha e carne com a morte, o sonho unha e carne com a realidade.

Unha astral, parede atrás de Jeanne Amedeo, o universo com a indiferença dos olhos das estrelas, e só eles, sozinhos, em uma janela, que esbate e se abate na rua de terra. E ainda se diz que não há mais amor; o amor que dizem – falsamente – morreu em uma clínica cantando com ácido carbólico de muito consumo humano... enquanto isso, sob o telhado, na altura de um quinto andar infernal, uma janela, com um gerânio no vaso, dá uma safra rica de vermelhos, e o amor se derrama despetalando-se para o chão.

Despertei, e fiquei sem dormir quase por três dias seguidos, sem querer mais olhar os quadros nas paredes. Passei a cuidar do que realmente importa: as plantas. A vantagem de uma propriedade no meio do mato como a nossa é que podemos plantar nosso próprio jardim de cerejeiras.

Ao pensar em Amara e no meu sonho, e estar diante da realidade que é sempre tão fecunda, me voltei para o tipo de livro de que mais gosto: os de botânica. Num tratado roubei de um sebo, leio esta passagem que, na minha opinião, é muito mais erótica do que qualquer página literária em nossa biblioteca. A definição da cereja, e o seu gamossépalo cálice com cinco divisões, "corola de cinco pétalas cujo galho ondulado é branco puro; um longo pistilo em torno do qual um número infinito de estames é colocado, com um ovário brilhante que, por fertilização e maturidade, torna-se um espanador arredondado, preto e vermelho, sem pelos, suavemente curvado de um lado, com uma cúspide oval suave que tem um ângulo saliente em um dos seus lados. As folhas da cerejeira que só aparecem quando as flores estão bem abertas são ovadas, lanceoladas e finamente dentadas nas bordas."

Quantas vezes tive sonhos vermelhos, férias sem-fim, cruzando o país entre campos, floridos de cerejas maduras? Foi tudo o que fiz até ontem: cuidar das plantas. Nas plantas, exatamente como acontece com as pessoas, acampam sempre duas forças inimigas. Quando o pior predomina, logo a gangrena da morte devora a planta. Isto eu aprendi no orfanato com o padre Lourenço, que não é uma figura de romance, é homem bom e sábio como certos livros, não sei se semelhantes aos que Hana gosta de ler, linha a linha, a cabeça sem descansar um minuto.

Talvez Brigite ame as ondas do mar e não o céu-oceano estático e navegável, como Hana. Brigite gostava de escutar as histórias dos maiores aventureiros, os incidentes mais radicais de terra, ar e mar. Ela se apaixonou por seus homens por causa das histórias deles. De como um escapou da morte por um fio de cabelo, de como foi feito prisioneiro e vendido como escravo, de como ele conseguiu se resgatar, e de todas as viagens e as vantagens que ele tinha.

Eram homens dos antros, dos desertos estéreis, das pedreiras e pedrarias, dos penhascos, das montanhas bastante tristes e altas, cem por cento ferro na alma. Gostavam até de fantasias radicais, como a dos antropófagos, os homens levando a própria cabeça debaixo do ombro. Ela amou esses homens pelos perigos que haviam corrido. Eles a amaram por causa da compaixão que ela sentia.

Brigite é uma mulher alta, seu rosto contrasta com tudo o que há em torno. Tem uma feição para os olhos, uma para a boca, outro rosto para o nariz e as orelhas, eis como o encanto nela se harmoniza, no conjunto e em qualquer parte. O contraste são os cabelos descoloridos, iguais à palha. Mais a propósito ainda, os olhos são de gente astuta, a boca pode nos forçar a fazer coisas contra nossa vontade, e a expressão inteira é de sedução.

Como podemos apresentá-la mais? Seus pés estão em Cromane e sua cabeça na Amazônia? Gosta de loções e de álcool, tem superioridade complexa e é esquizofrênica?

Não. Melhor dizer do quanto se sente um fracasso, e que nunca sairá daquele bar de Cromane e que não sabe como superar a decepção total com a vida que leva. Alguém sem a mínima vontade de voltar a ser quem sempre fora.

Brigite e seus aventureiros não são como nós. A Terra gira variada para todos, segundo Hana filosofou ao voltar da consulta:

Ontem à tarde, depois de examinar os meus olhos, o doutor Denizio, meu oculista, disse: "sua vista é normal: você é uma pessoa extraordinária. Você vê as coisas com a máxima exatidão, e melhor que todas as outras pessoas."

Eu fiquei pensando naquelas expressões e me pergunto a utilidade de uma palavra como *melhor* e uma expressão como *máxima exatidão*? Alguém com um poder desses nos olhos enxergaria somente a verdade, e a verdade é sempre suplantada por qualquer ninharia.

'Máxima exatidão' e ver 'melhor que todas as outras pessoas'. Há nisso um quê de desonestidade e ignorância, talvez mais de ignorância. Para mim, a máxima exatidão é a de um atirador, mesmo em porcos, como Tomás. E quanto a 'ver melhor', a filosofia porcina dele suplanta a da visão verdadeira de Hana. Uma prova disso foi uma peça de teatro a que assisti um dia desses. Se não me engano, se intitula *A porca vitoriosa*. Não gosto de alegorias, exceto no carnaval, contudo a da peça é engraçada. Uma conversa da Verdade com uma Porca.

Reconstituo tudo de memória, e só no fim da cena é possível entender porque o diálogo entre eles, teatral demais para meu gosto, se interrompe tão abruptamente. Antes, conforme o autor, um russo de que só me lembro o prenome: Miguel, darei a rápida caracterização dos personagens.

A porca é um animal bem alimentado em suas baias, com pelo brilhante. E o que se diz dela pode-se dizer igualmente de um político ou um empresário: o brilho tão exagerado de sua pelagem exuberante resulta do contato ininterrupto com a lama. Sua oponente, a Verdade, é uma pessoa jovem, com aquele jeito de eternidade que muito pouco se vê em qualquer pobre mortal, e parece ferida. Sua roupa é sóbria, diria até clássica, mas está em trapos, e de tal maneira que se pode dizer: nua. Toda a cena se passa num chiqueiro, certamente não mais sujo do que uma rua de Cromane em dia de festa.

Porca (balançando o focinho): é verdade? O sol apareceu hoje com o máximo vigor no céu?

Verdade: Sim, senhora Porca.

Porca: Verdade? Eu nunca vi sol nenhum aqui no chiqueiro onde moro.

Verdade: Isso não me surpreende em nada, pois já desde o seu nascimento a Natureza lhe avisou que o brilho do sol não foi feito para você.

Porca: Não diga isso (com autoridade). Na minha opinião, o sol serve mais é para acentuar as heresias.

(A Verdade, calada, e meio envergonhada, ajeita seus trapos. Na plateia alguém grita: você está certa, porquinha. Heresia! Heresia!)

Porca: (continua a fazer caretas). Verdade, me responda uma coisa: pode-se dizer, nos jornais, que a liberdade é o mais precioso bem da humanidade?

Verdade: Sim, sua Porca.

Porca: Na minha opinião, entre os humanos há sempre excesso de liberdade. Nunca deixei de viver neste chiqueiro, e não me preocupo! O que mais eu quero? Dou meus guinchos quando bem entendo, e me refestelo na lama à vontade. De que mais liberdade eu necessito? (Autoritariamente). Vocês todos são traidores, vejo isso quando olho pra vocês, hein?

(A Verdade se esforça de novo para não se deixar ser vista na sua nudez. E alguém da plateia grita: você está certa, porquinha. Traidores! Traidores! Alguns da plateia exigem que a Verdade seja detida e levada à delegacia. A porca grunhe de alegria). A Porca se aproxima da Verdade, a agarra pela panturrilha, começa por mordê-la, até devorá-la completamente. E enquanto a Verdade se encolhe de dor, o público ovaciona, aos gritos, em delírio.

***

O capitão Rossini: numa rotação ordinária da Terra, deveria estar agora na granja ou metido nessas ocupações caríssimas dos oficiais nos últimos quartéis da existência. Todavia, a vida não quis assim. Quando chegamos, o encontramos à mesa, a sopa de dois dias enfiada na cara.

Hana, a filha do capitão, afastou os pratos, ligou para o coronel do exército e pediu flores e um caixão. Era como se soubesse de uma espécie de nova vida surgir depois da morte dos parentes, exceto para os pássaros nas gaiolas, o limo desfazendo-se no balcão da varanda, a lama empapada no fundo dos vasos.

Na semana anterior, havíamos jantado com o capitão Rossini no restaurante do bairro, ele fumou na área proibida, e choveu. Ele fora casado por sessenta anos com a mesma mulher, e amante por sessenta anos da mesma amante, a Sra. Grace, a mãe de Hana. Não conheço ninguém mais fiel à infidelidade que o capitão. A esposa dele morreu poucos meses antes da amante e ele venceu as duas por um ano e meio.

Hana pretendia convencer o pai das vantagens de um asilo, mas o jantar foi uma cerimônia lodosa, e ficamos a escorregar em assuntos do trabalho dela na Receita.

E você? Vai ficar aí parado, sem fazer nada?
Não havia o quê. Apenas vê-la puxar a cabeça do pai pelos cabelos, enquanto o rosto se contraía, aquelas convicções insossas que notamos, mas nunca dizemos, nos velórios. Em silêncio

permanecemos, talvez sem o sonho de o morto poder respirar sob o tule e as margaridas.

Limpou o rosto do pai com o triângulo que sobra das toalhas de mesa, e me olhou. Nariz franzido, sobrancelhas rebaixadas. As pálpebras se ergueram, os lábios se endureceram:

Você vai me deixar fazer tudo sozinha? Pelo menos, aumente o volume da TV.

Calma, calma.

O único espírito sereno e azul era o rosto do capitão olhando o teto.

Eu deveria me envergonhar: os pensamentos de Hana eclipsavam, ela inaugurava um evangelho novo a cada gesto. Mas confesso também outra vergonha alheia de mim mesmo: me envergonho dela na maioria dos encontros sociais quando tagarela e ninguém consegue tirá-la do transe voraz da voz.

No entanto, ela se comportou de modo razoável no jantar na casa dos nossos amigos ingleses, o Sr. e a Sra. Wilson. Relembro como se estivesse agora diante de nós o Sr. Wilson fumando seu cachimbo inglês, enquanto lia seu jornal inglês, com óculos ingleses, junto a uma lareira inglesa. Ao seu lado, sentada num sofá inglês, está a Sra. Wilson remendando umas meias inglesas. Só o relógio com dezessete toques ingleses quebrou o gelo daquele silêncio inglês no qual estávamos todos envoltos.

Começaram a conversar.

A Sra. Wilson comeu sopa, peixe, batatas com toucinho, salada inglesa, e depois bebeu água inglesa. Achou a batata boa e bem cozida, como é a sua preferência, e não encontrou nenhum ranço no azeite. O peixe era tão fresco e saboroso a ponto de ela chupar os dedos e repetir tantas vezes que terminou tendo que ir ao banheiro livrar-se do excesso.

Aquilo foi talvez menos desarmonioso do que a sopa: meio salgada, com alho demais e cebola de menos.

Na sobremesa comeram uma Victoria Sponge Cake simplesmente divina. Só faltou o cálice de um Riverina australiano no final para a perfeição, mas a Sra. Wilson preferiu não trazer o vinho à mesa para não parecer gulosa aos filhos, e ensinar a eles desde cedo a importância da sobriedade inglesa. Isso é lá com eles, se estivessem em nossa casa de Amaravati, não deixaria de oferecer um cálice do melhor licor do mundo: Eucaliptine, uma maravilha fabricada por monges de Arieso. Não pude evitar que me viesse à memória um comentário de Brigite: pode ser um espetáculo melhor do que muitas comédias no teatro a estupidez das pessoas nas festas e jantares. E nas refeições em suas casas, eu acrescento.

HEARING

Um sábado antes do feriado, Tomás passou lá em casa e de novo me levou para aprender a cuidar dos porcos. Eu estava pensativo demais, e o Tomás que chegou se mostrou meio apático, sem a excitação dos sábados anteriores. Eu tentava falar de mim sem falar de mim, enquanto ele dirigia e acendia um cigarro, sem tirar os olhos fumacentos da estrada de barro azul-petróleo, Glockinha quase lambendo suas pernas.

Eu disse, com a indiferença de quem olha o céu deixado para trás: "As coisas vêm a mim como uma fruta". E ele retrucou: "Você fala como alguém que sempre teve tudo."

Ele tinha razão, embora quem me conhece sabe de a vida não ter sido bem assim. E me expliquei melhor: "Eu me refiro ao Éden que é o nosso condomínio, onde as frutas só faltam cair docemente na mão e é como se suplicassem: não me decifre, me devore."

E não arredei pé do manifesto vegetal: "Não gosto muito do nome Michi, preferia ser chamado de Abel, homem da terra, da lavoura, do jardim. Mesmo quando lhe acompanho com os porcos, e até os alvejo, é por conta de estarem bem amarrados pelo mocotó a uma árvore ou às pedras. Não é por esporte, jogo, *hobby*, mas por misericórdia, no meu caso".

Chegamos. Ao longe, dava para ver a velha torre da segurança de Amaravati, onde o relógio ainda funciona lá em cima, e onde vivemorrem os cães velhos, inúteis agora para as rondas da vigilância, onde de vez em quando ouvimos a notícia de uns matarem os outros.

Tomás desligou o carro. Descemos. O quase lacônico Tomás, a caminho dos porcos, se alongou quase como um pregador. De saber matar aqueles da sua propriedade sem fazê-los sofrer e do quanto estava empenhado em só comer da carne de algum animal que ele matasse com as próprias mãos. Ainda sem que me explicasse como transformara o paladar em instrumento de medida, enfatizou, quase com empáfia: "a carne de um animal que mato com as minhas próprias mãos é duas vezes mais saborosa. Esta é a melhor maneira de alguém conectar-se com a natureza, e, sem dúvida, a mais divertida; por isto tantas pessoas gostam de caçar". E desfiou para mim os nomes dos seus ídolos: Frederick Courteney Selous, Jim Corbett, William Cotton Oswell, Fred Bear, James Sutherland e Carl Akeley.

Aquele esnobismo gratuito, mesmo não sendo uma surpresa, me desagradou. Ainda mais quando justificou, entre econômico e didático, o custo e o esforço para viabilizar seu negócio:

Os choques no matadouro custam caro e só a prefeitura ganha com isso. Nada de acertar o bicho aqui, por debaixo, na axila, com a faca; nem as marretadas na cabeça. Os tempos são outros. Hoje podemos matar com um sorriso luminoso na face, civilizadamente, quase com inocência até.

Tomás nem sempre fora aquele bonachão e falastrão. Chegou muito jovem a Cromane, em busca de emprego, e cheio de ideais e força. Viu muitos traídos pelo hálito azedo e choco, como foi com aquele nosso conhecido, o Taumaturgo, delegado por dez anos em um distrito de miseráveis. Era comerciante antes, porém algum dia precisou lutar contra um ladrão, e terminou por prendê-lo, e viu que aquilo era bom. Por sua própria inspiração é que se tornou delegado especial, e vive bem por dentro dessa ideia dando voz de prisão e fazendo muitos irem ver o espírito de Deus pairando sobre as águas mais cedo do que gostariam.

Empresário é como se denomina Tomás. Vi os cartões de visita no cofre da camionete para alguns dos seus empreendimentos, que, como no caso dos seus colegas, seja qual for o ramo, sempre envolve algum tipo de sangue derramado, impostura, espoliação e a ausência parcial ou total de escrúpulos.

Ele tem sua própria rede e compra as carnes dos criadores das chácaras vizinhas e as entrega em Cromane. O esquema é sujo, como outro qualquer. Tomás tem sua própria lei, melhor, seu código de honra, baseado na economia e na força quase religiosa do exemplo. "Não vou alimentar o cartel que é esse sindicato de safados dos marchantes. Além do mais, me sinto no paraíso matando porcos desse jeito, juro. Você não está se divertindo, Michi?"

Atiramos juntos como crianças na cabeça dos dois últimos porcos, e rimos, cúmplices.

Entregamos os animais perto do meio-dia e os peladores não queriam receber a carne por causa do horário. Conversei com um deles e o rapaz terminou cedendo. Talvez por isso Tomás tenha querido me dar parte do apurado. Não aceitei.

Hana e eu saímos pouco de casa. Nossa casa não é um velho *music hall*, não digo isso, mas cantam os pratos e talheres sendo lavados, solfeja o vento pela janela junto à escada e acorda ele os sininhos de bambu sagrado na sala. Vou à janela e a fecho. Dez minutos depois está aberta. Vinte minutos após, fecho-a de novo.

Eu e Hana não concordamos em como devem estar a casa e suas entradas e saídas. Ela gosta de atuar também no destino das janelas e portas. A vida é um *loop*. Tudo é uma metáfora de fechar portas, e uma metonímia de abrir janelas. Não é exagero dizer que me vejo como um desenho feito a lápis num pergaminho se retorcendo sob a ação do fogo. Assim me sinto quando estou na companhia de Hana.

Vivemos a vida tranquila, não vivemos? O que podemos querer mais?

Ah Michi, às vezes penso: você faz todas as minhas vontades, somente para me agradar.

Não seja boba.

Juro: vejo como as pessoas terminam se transformando em um estorvo.

Você tem seu trabalho, e se sente mais viva por isso.

Pergunte a essa mesa ou aos bibelôs daquela estante o que fizeram hoje. Terão feito mais do que eu. Quero me sentir completa em algo.

Não lhe completo?

Falo de outra coisa, é diferente.

Escuta as cigarras aqui fora, Hana. Vem para cá. Vamos contar estrelas. Onde paramos, ontem? Escuta bem: podemos ficar um século aqui ouvindo essas vozes.

Michi, se você não estivesse aqui, comigo, onde estaria?

Se não houvesse Amaravati, nem Cromane nem a Terra, nem a Via láctea, se não existíssemos eu nem você e nem mesmo Deus, eu ainda estaria aqui com você, minha querida. Não é uma delícia termos construído o casal que somos?

Fiquei pensando na constante referência às estrelas por parte de Hana. Talvez tivesse uma motivação inconsciente, e fosse um tipo de medo que os antigos atribuíam a isso. Para eles, quando as estrelas desapareciam do firmamento significava de uma grande carência se avizinhar na vida dos ricos, até levá-los à ruína ou à pobreza. O céu equivaleria à casa e as estrelas aos bens.

A mesma metáfora aplicada aos pobres tinha um sentido mais bruto: prenúncio certo de morte. O irônico é saber que se um malfeitor sonhasse com o desaparecimento das estrelas, isso significava que o plano do próximo crime seria bem-sucedido. Pior para um amigo meu: o coitado sonhou com estrelas sumindo do firmamento e pouco tempo depois estava inteiramente calvo.

*

Hana gosta de varandar, numa cadeira que se encurva mais e mais, conforme avançam os dias, e porque não sabe nada sobre solfejos, murmura velhos pedaços de músicas.

Here's a story told of a little Japanese
Sitting demurely neath the cherry blossom trees
Miss Butterfly's her name,
a sweet little innocent child was she
Till a fine young American from the sea
To her garden came

Quando depara com o abismo de outra harmonia, Hana para um pouco, vê como as partes não se ligam, e começa tudo de novo, baixinho.

Blackbird, blackbird singing the blues all day
Right outside of my door
Blackbird, blackbird who do you sit and say
There's no sunshine in store

Algo de profundamente nostálgico me toca quando escuto os primeiros versos de *Where is Your Heart*, mesmo de modo tão imperfeito – não é a saudade o bem ou o mal mais adoravelmente imperfeito em nós?:

When ever we kiss,
I worry and wonder.
Your lips may be near,
but where is your heart?

Ora estou na varanda, ora no jardim, ou na cozinha, os meus lugares favoritos da casa. A biblioteca, não. Não gosto de ler como antes. A leitura já não me provoca nenhuma sensação de conforto, bem-estar ou excitação, essa é a verdade. Mal começo a folhear um livro, e logo viro a cabeça e durmo.

À tarde, faço uma caminhada e, pelo menos uma vez por semana, pego o carro e dirijo pelas estradas de capim e barro, entro pela mata, paro o carro e me masturbo ouvindo as cigarras e o barulho das fábricas a leste de Cromane, e esse conjunto de sons das máquinas que são as cigarras com as vozes e gritos das criaturas das cavernas de gesso, da indústria, das pedreiras, do cais, me deixa muito relaxado e quase levito de alegria e energia.

São 14 casas em Amaravati. Da varanda, Hana avista dez. São as casas dos Moreira, dos Altamiro, daqueles ameríndios, os Rochedo; a torrezinha, por alugar eternamente; do casal mexicano, há outra, abandonada, da qual jamais a administração receberá uma moeda e onde as crianças cresceram brincando na sua escuridão e hoje fumam maconha à noite. Essa geração não sabe fumar como a nossa. Hana considera todos os jovens simples degenerações.

Uma vez passamos perto do jardim dos Moreira e ouvimos Marta, Tetéia e Nádia, as adolescentes, conversando sobre como criariam os filhos quando se casassem. A opinião de Marta era de que os filhos devem crescer livremente como as ervas, e estou de acordo com ela. Ninguém precisa cuidar delas, e crescem fortes, enquanto as rosas, não importa o quanto sejam bem cuidadas, não resistem muito às inclemências do tempo.

Todos têm o pé na conversa. Os jovens vêm falar comigo sobre a vida universitária e minto à vontade. Gostam porque os inspiro a não terem confiança no futuro, mas isto também é mentira, porque envio mensagens positivas e de motivação pelo celular, já tive hortas, criei galinhas, cultivo um jardim, creio na felicidade e na superação.

Hana desdenha, mas mantenho um grupo de amigos pela internet, apaixonados por botânica. Estamos melhorando o *Species Plantarum*, o grande inventário de Lineu. Ninguém pode se dizer amante das plantas se nunca ouviu falar em Carlos Lineu. É como amar o teatro sem jamais ter ouvido falar de Tchecov. Como não pode amar os eucaliptos se não ouviu falar do Sr. Guilherme Roger.

Nos últimos tempos, tenho cultivado duas flores, em especial. Uma delas é chamada de

Love-in-idleness. A outra, por enquanto, manterei o seu nome em segredo.

O meu ponto fraco pela flor Love-in-idleness veio de uma vez no teatro quando ouvi falar que ela nasceu de uma flechada de Cupido. Era antes branca como o leite, mas ao ser atingida pela seta ficou purpurina – como ferida de amor, dizem os românticos. Se instilarmos um pouco do sumo dessa flor sobre as pálpebras do homem ou da mulher, enquanto dormem, ficará loucamente apaixonado ou apaixonada pela primeira pessoa que vir quando despertar.

Um vizinho, e amigo do grupo, o baronete Rolando, em meio à pompa e à riqueza – antes cultivava flores banais, de hortelã a erva-pombinha –, logo passou a desfalecer e sucumbir diante da flor da paixão. Eu me contento com o amor, aceitando a verdade de todos os apaixonados serem perjuros.

A Sra. Dignidade mora mais abaixo e não tem jardim. E fala demais. Considera a jardinagem o *hobby* do Demônio que mora em todas as casas, e nada se parece mais com uma coroa de defuntos do que um roseiral. Seu sonho é cimentar o mundo. Preferimos visitá-la na sua grande varanda com piso de porcelanato. De visita, fica mais fácil encerrarmos a conversa. Mesmo assim não é fácil. Ela tem muitas histórias do tempo em que gerenciou um cassino no Paraguai, quando o jogo era proibido em todo o mundo, mas lá, não.

Ela fala com muitos gestos: os bíceps desceram para a parte de baixo do braço, e naquelas bolsas daria para gerar uma criança em cada uma, e nenhum filho floresceu na Sra. Dignidade. Gosto de que ela me veja olhando para suas deformações. Ela junta os braços ao corpo, envergonhada, e se mantém dura como uma estaca falante e, como não suportará muito, começará a suar nos sovacos. E a conversa não demora a acabar.

Já a dona Martinica passa os dias falando em silêncio. Tragédias inteiras ali dentro de si. É obcecada pela higiene, mas a comida fresca apodrece quase instantaneamente quando ela a toca. As mãos dela contêm alguma espécie secreta de mucilagem e isso faz apodrecer com mais facilidade nas superfícies quanto mais pura é?

Os turcos dizem: os peixes apodrecem pela cabeça. Vai ver isso também se aplica aos humanos, acrescento, mas, no caso de dona Martinica, o cérebro dela talvez estivesse nas mãos, ou, se fôssemos generosos, aplicaríamos a ela as palavras do nosso amigo Benito em algum momento de sua *Dona Perfeita*: "dentro das casas apodrecem as pessoas corajosas". Tanto faz quem tenha razão, pois ninguém se importa com as súplicas de Martinica.

Cada uma de suas vidas e de seus muitos gatos guarda sete segredos e nenhum perdão.

Os Carmelo moram no fim da alameda. São um casal jovem e podem ter sucesso. Na política, ele; na educação, ela, a jovem Sra. Beth. Alugaram a casa 784 e parecem felizes.

Vejo-a bater os pezinhos lindos e miúdos contra a água da piscina.

Beth anda de bicicleta, conserta cercas, recolhe animais abandonados, faz fogueiras, reúne os jovens em torno para tocar seu violoncelo, abre as pernas sem cuidado e os rapazes gostam disso, mas as garotinhas invejosas a chamam de puta ou de feminista porca nas suas conversas. Ah elas não conhecem uma puta de verdade. A moral da prostituta é a sua prostituição, como a do juiz é o interesse e em Cromane e em qualquer lugar todas as morais mostram a cara: o dinheiro. Em Cromane as pessoas podem levar um homem à forca porque está falido e julgar uma mulher como Beth por abrir as pernas um pouco a mais para tocar seu violoncelo, se houver nisso uma nota qualquer de paixão.

Beth é essa mulher disposta a reencontrar o caminho e o direito do prazer vivendo a seu próprio modo, onde o gozo das ideias é o gozo do gozo do gozo, e seus olhos apontam um para todos os perigos e o outro para todos os acertos. Isso me fazia um sentinela em ronda, em torno de sua casa à tardinha, um herói atento aguardando-a me pedir socorro para enfim. Então todos no condomínio se tocaram alguma hora pensando em Beth, a ideia infantil que caminha junta o tempo todo em mim e em você.

Hana sorria quando escapava uma palavra qualquer sobre a violoncelista:

Já questionei o mundo, também. Essa geração vai terminar mais careta do que a nossa.

De novo me atingia o raciocínio de sempre em relação às mulheres jovens, agora com Beth, mas também com Amara, Élida... Brigite... ah uma vida inteira atormentado por esses fantasmas sensuais, em relação a seus maridos cegos: "Não. Não é verdade que ela o ama. Não pode amá-lo. Merece a mim."

Beth era para mim esse salvo-conduto, de poder amá-la sem precisar me importar com ela. Tão cândida e tão promíscua me dava a sensação de que tudo com ela se pode.

Fim das divagações. Mas é assim, pouco menos, pouco mais, a vida em Amaravati.

*

A noite aqui é azul. Hana gosta de olhar estrelas. Antes de comprarmos a casa, ela quis visitar Amaravati, mas à noite.

Venha para fora, Michi. Veja o espetáculo.

O espetáculo não era o argumento de venda do folder que afinal nos seduziu, e sim a vida de eterna felicidade a partir da aposentadoria.

Amaravati foi um projeto original do arquiteto William Herbert. Eram uma construção clássica, as 14 casas. Décadas e décadas depois, sofreu uma radical renovação, a tal ponto de só conter casas totalmente tecnológicas e eficientes no aspecto energético. Isso quer dizer o uso de todos os tipos disponíveis de energia natural e não poluente. Casas de manutenção facílima. Todas com o próprio jardim.

Uma das minhas brincadeiras com Hana é dizer que, além do jardim das cerejeiras, temos o nosso próprio jardim das Tulherias, e o único trabalho dela é apertar botões dentro da casa, e o meu fazer germinar os botões do lado de fora. Sim, toda a manutenção da casa é facílima, pois totalmente automatizada. No lugar de criados, dois ou três robôs se ocupam de lavar e passar, e desconfio de serem até cozinheiros, e com a vantagem de que não entram em depressão como o nosso amigo Bevê, coitado: quando soube que perderia uma estrela Michelin deu um tiro na cabeça. Temos estrelas melhores para esperar, e elas nunca nos faltam.

O paisagismo de Amaravati é deslumbrante. Não se trata de termos um estilo de vida: temos é a melhor vida com o máximo estilo. Fico pensando em quanto melhor seria o mundo se adotassem o slogan-lema do empreendimento do nosso condomínio: cada casa um jardim, cada cidade uma casa.

Os robôs ficam só dentro de casa, e são o resultado da inteligência de quem concebeu Amaravati, pois não há construção padronizada, cada casa é única, e feita sob encomenda e capricho do comprador, unindo o melhor da tradição ao máximo da hipermodernidade.

Temos terraço e varanda. Onde desfrutamos chuva, sol, estrelas, conversas... Quem pode esperar mais da vida além de viver numa casa elegante, com energia eficiente, fácil de manter, e uma delícia para morar? O importante no luxo de Amaravati não é a quantidade de quartos, há apenas três, mas o espaço. O número três é o da perfeição.

Além do mais, estamos perto de tudo. À distância de fumar um cigarro, enquanto o carro avança e nos eucaliptamos mundo afora. *Delicatessen*, açougue, padaria, salão de beleza, floristas, loja de roupas de golfe e tênis, de vinhos, de presentes, doces e bolos... e um mercado de produtos orgânicos, claro. Tudo o que é essencial está muito próximo. E os serviços médicos, de odontologia, pedicure, osteopata, os cafés, especialmente recomendo o Two Mills, o café para vegetarianos, ou o Tasty para *fine foods*, ou aquele para veganos, não me lembro o nome.

Nada de *shopping center*, *mall* ou coisa parecida. Em Amaravati não há espaço para "all", e sim para o exclusivo, o especial, o único, o *esparticular*.

Restaurantes? Muitos: italianos, os meus favoritos são o Tiziano e o Ariosto, embora Hana morra de amores pelo Farsano e Caravaggio. E há muitos *pubs*. E os clubes. Tudo próximo, tudo confortável, tudo conveniente.

As cozinhas foram desenhadas especialmente por Hands Cabinets. Fornos com a qualidade Stove. Que combina microondas, fogão a gás em aço escovado, chaminé em aço inox e vidro, totalmente integrado. Geladeira, *freezer*, máquina de lavar louça, e lavadora e secadora de lavas. E todas as comodidades dos melhores automatismos. Da vaidade no banheiro à segurança e funcionalidade em cada metro da construção.

***

O céu se apagara em Cromane, sob a poeira das fábricas de gesso.

Hana se sente *energizada* em Amaravati.

Aqui há o pó visível das estrelas, Michi.
Hana, por favor...
Bobo. Um dia você vai entender.

As constelações são caleidoscópios sobre nossa casa e Hana contabiliza no caderno os animais do céu. A águia, a girafa, os carneiros, os cães, os centauros, a baleia, o camaleão; o pavão e o cisne, a pomba e a fênix e o corvo, e o dragão que Hana coloca na fileira das aves; o golfinho, o potro, o caranguejo, o lagarto; os leões, a lebre, o lobo, o unicórnio, a mosca, os peixes, o escorpião, o touro, o tucano e a raposa, e o filho.

O filho era Siberí, o filho de Hana. A última vez que nos encontramos com ele foi num feriado desses de 29 de Fevereiro, quando ainda não sabíamos direito como é respirar na pintura de Amaravati. Estávamos presos em casa. Perdemos o dia todo a lamentar não termos nos organizado de novo o suficiente para fugir da cidade. Mas foi bom ter ficado. Comecei a ler uma peça de teatro na sala, mas adormeci, e sonhei que a poltrona da sala era um dos assentos do Metropolitan, e eu estava nu quando a cortina se abriu.

Michi, querido, venha aqui fora, Hana gritou da varanda.

Quando cheguei, ela era uma coluna tesa, de pé. Parecia suportar tanto peso que imaginei ser mais fácil mover a casa do lugar a mover Hana dali. Do outro lado da rua, havia o carro estacionado com alguém à direção e diante de Hana, do segundo degrau, eu avistei, pela primeira vez, Siberí.

Mãe e filho não se viam havia muito. Quando a conheci, Hana tinha terminado a relação com o modelo, um Valentino. O resultado do namoro foi o garoto Siberí, agora metido na religião do empreendedorismo, território ideal da confraria dos bancos, dos tolos, dos atos falhos e falidos.

A mãe falava do filho uma ou outra vez rendida. Minha vida na caserna e a bisbilhotice acadêmica que professores como eu chamam de "vocação para a pesquisa" me deram a motivação para fuçar perfis na internet. A barbicha esquisita, arroxeada, quixotesca, e as pálpebras caídas não faziam de Siberí uma figura mais interessante do que Rocinante ou Dulcineia.

Inquieta, entre andar para frente e para trás, Hana dirigiu, pródiga, os olhos e os pés ao filho.

Ah, vejam só: aqui está o Siberí. Rapaz, bom lhe ver. Sou Michi.

Mas quase tive de arrancar sua mão do bolso daquele jeans para ele me cumprimentar.

Oi, Hana, como você vai?

A mãe era uma ruína firme e bela, tinha os olhos no rapaz, mas o corpo a mantinha presa lá dentro de si mesma.

Olhei para o carro, quase com nostalgia dos meus tempos de sentinela no Exército.

Quem está lá dentro, Siberí?

Ah, me desculpem. Amara, minha esposa. Casamos recentemente.

Ora, que ela desça do carro. Vamos comemorar. Inventamos um café-de-núpcias agora mesmo, já será o melhor café da cidade.

Fizemos juntos o mesmo gesto para a moça esbaforida dentro do carro. E ela veio, junto com uma chuva fina e quente, daquele tipo que acende mormaços e não apaga monturos.

Não foi fácil chegar aqui, disse Siberí.

O feriado deste ano foi o pior. A tendência é piorar ainda mais, Hana falou, e poder falar fez seu corpo aliviar-se da tensão, e quando pediu a todos para se sentarem, ela mesma desabou sobre a cadeira comprada em antiquário, com toda a força do seu *phísico*.

Sorriu, *desculposa*.

Estou surpresa com sua visita, querido.

Eu mesmo estou surpreso, não acredito ainda que estou aqui, Hana.

Pode me chamar de mãe.

Desculpe. Estou sem-jeito. Quanto tempo? Dez anos, não é?

Doze.

Não houve uma só frase dele na primeira hora que não começasse ou terminasse por *desculpe*.

Amara me ajudou a servir o café e olhava o tempo inteiro para o marido, como se esperasse o mínimo sinal para fugir dali.

Então os deixamos na varanda e entramos.

Relaxe, eu disse, eles sairão vivos disso.

Amara sorriu, mas os lábios logo se rascunharam num arco para baixo como as máscaras clichés de teatro.

O marido se indispôs a ver fotos, mas percorreu conosco os vãos da casa:

Sua casa não é velha, mas mereciam mais.

Vamos nos equilibrando: nós com ela, ela conosco – respondi. Desde aquele aperto de mão, Siberí me parecia mimado como os filhos dos ricos.

Quem morava aqui antes, vocês sabem?

A pergunta me pegou de surpresa. E a Hana também. Se eu e ela algum dia pensamos nisso não nos lembramos. Podíamos imaginar que as montanhas de bauxita foram um dia um grande mar, que a floresta pudesse ter sido um grande deserto no tempo dos dinossauros, a plantação de eucaliptos estalactites de cavernas gigantes, o rio uma poça perdida no vale, aceitar de tudo ter pertencido aos barões de Cromane, mas não era possível imaginar de outros e não nós mesmos terem andado descalços sobre o piso frio do nosso *berçário* ou comido na nossa sala de jantar ou usado nossos banheiros antes de nós.

Não pensamos nisso, nunca – respondi – isso não importa.

Nós vamos comprar nossa casa, eu e Siberí – disse Amara, mas ele a olhou reprovando por falar dos seus planos a estranhos.

O capitão, seu avô, dizia assim: "Ninguém é ninguém sem escritura e vintém", falou Hana tocando com discrição o ombro de Siberí enquanto chegávamos à cozinha. Algum senso de aranha o fez avançar e só a ponta dos dedos de Hana tocaram suas costas e eu fingi não ter visto seu fracasso. Agora, ela estava barata atordoada na cozinha. "Aqui há um bolo, podemos comemorar, minha nora." "Há pudim na geladeira; Siberí, você ainda gosta de doces o tanto de antes?"

Não. Sou pré-diabético.

Por favor, a senhora não lhe ofereça doces – pediu Amara.

O.k, o.k, mas nada de senhora. Me chame somente de Hana, Amara. Ou me chame de mãe, ou mamãe, também, se quiser.

Hana – interviu Siberí.

Hana – repetiu a nora.

Mas voltando à casa – Siberí falou – em alguns lugares parece de brinquedo. Ou parece um cenário.

Meu pai foi encenador no teatro de minha cidade, Amara alegrou-se em contar.

Coincidência, disse Hana, Michi até pouco tempo ensinava teatro na faculdade.

Ah por isso vemos tantos livros aqui. Um professor – suspirou Amara e seu suspiro eu lia de muitas formas.

Menos: o pai de Amara era encenador porque dono do teatro. Amado por todos, porque pastor da comunidade.

Siberí tem razão, meu pai era um mandachuva. Mas dirigiu muitas peças, se querem saber.

Siberí continuava:

Talvez seja grande demais para um casal.

A casa? Esta casa? Nada, rapaz. Metros de sobra. Cada um de nós tem um grande jardim, dois quintais, o meu e o de sua mãe, dá para treinar baliza com nosso carro sem sair da garagem... amanhã cedo lhe mostro lá fora, se essa chuva ajudar – eu disse.

Siberí falou de os sogros morarem em um casarão e de alugarem quartos por dia ou por semanas até, há cada vez mais gente viajando.

Empreendendo, ele mesmo reforçou.

É, sei como são essas coisas – Hana comentou. Não toleraríamos. Não precisamos.

Ah meus pais sequer precisam. Muito pelo contrário, podiam pagar para morarem com eles, daria no mesmo – falou algo, ríspida, Amara, quase desfazendo a beleza incólume do rosto – até os incentivamos, eu e Siberí, nisso dos aluguéis: ganham mais dinheiro e não ficam se reclamando da solidão o tempo inteiro.

Não nos reclamamos. Somos felizes.

Meus pais também. E são desapegados. De tudo. Desde que o dinheiro cubra as contas.

Vocês não acham perigoso?

Não há perigo em empreender, nem mesmo para velhos.

Falo em segurança física, até – insistiu Hana. Qual a idade deles?

Meu pai tem 80. Minha mãe deve ter uns 60.

Mas você é muito jovem, Amara – eu disse.

Sou a última, de três filhos, quero dizer, a única do casal. Os outros são da vida. Meus pais só se encontraram aos 40.

Meio-irmãos: Michi sabe como é isso. Também teve uma meia-irmã, me diz – falou Hana.

Tive.

Onde vive? – Amara quis saber.

Está morta. Morreu afogada.

Desculpe-me.

Isso faz muito tempo. Vamos tomar mais café.

Para mim, chega de café – disse Siberí.

Mas Hana tem razão – retornei – vocês não se preocupam com a segurança dos velhos?

Não, Michi. Há câmeras em cada vão da casa. E mais lá fora. E no quarteirão inteiro. Não sejam tão paranoicos. Amara pode vê-los e ver tudo agora, se quiser, pelo celular, não é meu bem? – Siberí disse, de pé, incomodado porque desejava fumar, logo notei.

Teoricamente, sim. Com uma rede.

Entendo, falei.

Além do mais há os cuidadores de papai e de mamãe. Estão lá o tempo todo.

Cuidadores? E os outros filhos?

Estão mortos também – respondeu, de novo ríspida, Amara. Ou deveriam estar.

E Siberí continuou:

Enfermeiros, Hana. São como da família, às vezes mais afáveis que pais e filhos, disse ele.

Eu não me sentia bem com os intrusos. Quanto a esses assuntos de família, nunca combinamos, mas era bom deixar Hana tomar a frente e eu seguiria sua intuição. Estava visível demais para mim o quanto não tinha um plano e se ocorresse com ela o mesmo desejo que me ocorria a mim naquele momento, cairíamos duros e só nos acordaríamos depois do feriado e muito tempo depois, quando não houvesse mais ninguém sobre a face na Terra, somente eu e ela, como deve ter sido no princípio dos princípios, amém, ou pelo menos, quanto a mim, ah como desejava ter permanecido nu, sentado na minha cadeira do Metropolitan.

Nossa cozinha era quente e agradável. Gostamos de ficar ali nos momentos mais tolos, muitas vezes horas em silêncio secando a garrafa de café. Ninguém era capaz de entender a mágica daqueles instantes.

Vivemos anos demais como as pessoas de todo lugar, Siberí. Fomos de hippies a yuppies, a vida para nós foi um Expresso, um trem-bala, agora somos um pouco a casa, um pouco Amaravati.

O nome em si já é bem esquisito. *Ela* tem gosto por nomes esquisitos.

Não seja tolo, não ligue para os nomes, rapaz. Você vai gostar mais, se passearmos um pouco, amanhã. Você entenderá melhor sua mãe, quando olhar a paisagem – falei para ele enquanto as garotas arranjavam o quarto de hóspedes.

Hana falou alto, lá de dentro:

Fique tranquilo, Siberí, me lembro de sua alergia. Vou tirar as cortinas, faço isso em um minuto.

Deixe-me ajudá-la, Hana – eu disse.

Não se mexa, querido. É só um desencaixe. Talvez depois você possa encaixá-las para mim.

Siberí me falou de não ter alergias. Já as teve, contudo. Quando mãe e filho se separaram a gagueira e a alergia sumiram do rapazote.

É algo duro de ouvir e jamais repita isso para Hana, lhe peço.

Hana e Amara voltaram. Hana passou direto até a sala. Amara beijou Siberí e comentou baixinho com ele:

Você nunca me falou de alergias.

Ele foi mais silencioso ainda:

É uma história longa, da cabeça de Hana, deixe para lá.

Sim, eu respondi. Não tem importância, agora.

Amara sorriu, desconcertada, sem saber qual peça do jogo deveria mover. Peguei os cigarros no móvel e gritei para ele, da varanda:

Venha fumar aqui fora, comigo, Siberí.

Fumamos a noite interminável, cigarros sem fim. Fui lá dentro e cobrei de Hana: "Convide a se deitarem. Vamos dormir". Mas ela foi também para a varanda e ficou ali entretida com o filho. As estrelas já haviam fugido e os fogos de feriado em Cromane explodiam cada vez mais raramente.

Ocupei Amara com os livros lá em cima e mostrei a ela objetos verdadeiros com histórias de mentira. Ela subiu até o sótão. Parecia boa moça, com um quê não sei de ingenuidade nos 22 aninhos. Não seria difícil eu me apaixonar por ela não só na minha época, mas naquele mesmo instante, sobretudo quando espalmou a coxa para se livrar do pernilongo, e alumbrou com suas pernas e bunda vigorosas.

Me contou que adorava viajar, estava perambulando com o marido havia dois meses, e nem em sonho pensavam em pernoitar conosco:

Mas Hana foi tão gentil... Além do mais, Siberí não sabe como agir. Não sei mesmo porque viemos.

Ganharam dos pais a viagem de núpcias. Uma forma de o velho protestante exercer algum controle sobre a salvação de suas almas. O corpo de Amara era melhor do que todas as bênçãos cristãs.

Hana e Siberí entraram para a sala quando a chuva aumentou e ouvi quando Hana fechou a porta. Convenci Amara de choverem pedras muito pesadas às vezes e uma chuva ácida no verão, por causa da extração do gesso em Cromane. Ela estava interessada em tudo e em nada. Estava acesa. Seus olhos estavam comigo, mas seus ouvidos vigiavam o que acontecia lá fora com o marido e Hana. Eles conversavam de forma sincopada, como numa peça teatral, se isso não parecer exagerado, mas em algum momento o tom subiu:

Eu quis somente montar uma família para nós. Foi tudo o que mais eu quis.

Montar, olha bem como você fala, Hana: montar, como se tudo fosse uma peça de teatro. Ou como na contabilidade. As pessoas não são balancetes, Hana. Não são. Pelo menos eu e meu pai não éramos.

Eu não disse isso, Siberí. Foi modo de falar. Seria boa a vida, simples assim: somar e subtrair, meu filho. Mas é somar, dividir, subtrair, multiplicar, tudo ao mesmo tempo, com os sinais mudando a toda hora.

Ah, desisto. Não entendo de matemáticas nem de sinais e senões como você. Que perda de tempo.

Estou feliz por você, Siberí. Por sua felicidade, agora. É o que importa. Siga adiante, você tem toda uma vida nova pela frente, um grande futuro. E, quanto a seu pai, é assunto passado.

Desci e, mesmo a contragosto, achei por bem interromper todos os assuntos, do passado, do presente e do futuro:

Blém, blém, blém, hora de dormir, hora de dormir. Vamos lá, estamos todos cansados.

Todos atenderam à ordem como soldados movidos à corda.

Demorei a dormir, e me levantei duas vezes com a impressão de ter deixado as luzes acesas, de as portas da sala estarem abertas ou com medo da boca do forno acesa, ou a porta da geladeira entreaberta.

Quando iriam embora? Me lembrava das alfinetadas entre eles e nós, e temia de alguém, na escuridão, ir à cozinha e pegar uma faca. Isso acontece mais do que pensamos, depois de algumas conversas.

Mantive acordado o vigia que há em mim. Pior foi escutar, madrugada inteira, mais acordada que dormindo, creio, Hana monologar:

1. "Eu não suportava mais. Eles tiravam minha naturalidade."

2. "Teria feito tudo de novo. Ele mereceu. Eles mereceram."

3. "Oh, que dia feliz, apesar de tudo."

O dia feliz-apesar-de-tudo seguinte foi um sábado, e Amaravati estava tão diferente a ponto de eu me esquecer da noite ao abrir a janela. Eram os nossos primeiros anos em Amaravati. Ainda estávamos descobrindo lugares para transar, às vezes chegava em casa da universidade e havia bilhetinhos pregados num sofá ou num armário: "Aqui, ainda não", ao lado de uma garrafa de Bordeaux.

Era um tempo em que o sol dava a tudo uma aparência porosa e macia. As aves não tinham fugido para tão longe. Durante anos, ouvimos o mesmo pássaro trinar logo pela manhã.

Siberí à mesa, com o computador ligado. Entrei na cozinha e bebi água. Bebo água antes de ingerir qualquer coisa. Houve tempo em que havia somente a água, e nada mais depois. Pensava nisso quando Siberí falou:

Elas pegaram meu carro e foram à cidade.

Podiam ter ido no nosso, ele praticamente conhece as crateras todas depois de cada chuva.

Gentileza sua, Michi. O nosso estava quase sem gasolina, era preciso mesmo abastecer. E *ela* disse e insistiu em fazer um almoço especial. Achei desnecessário, mas Amara concordou. Saíram.

E você? Comeu algo?

Meu Deus, dois dias aqui e quando voltar irei diretamente para a urgência endocrinológica.

Você é doentinho, eu sei.

Vocês é que são – ele riu – de fome.

Tem razão. Porém, para sua surpresa, não comerei nada, agora. Mas podemos fazer um churrasco ao pôr-do-sol. Que tal? Daí, lhe apresento o paraíso.

Pode ser.

Hana comprou duas corvinas, leite de coco, bastante alho, e cervejas. O mais havia no quintal: cebola, verduras e salsinha, pimentões e tomates. E se lembrou de comprar também picanha, sabe do quanto gosto de preparar o churrasco ao fim da tarde, e muitas vezes apenas eu e me aguentando com os comigos de mim.

Quando entrei em casa Amara estava muito à vontade, deitada no sofá, e meus músculos – especialmente os involuntários – em alarme. Hana colocava azeite na panela e refogava o alho e a cebola, e a casa já estava incensada do bom tempero. Ela veio até a sala e me beijou e Siberí beijou Amara e ela fez um gesto doce como se não o visse há uma semana e tudo parecia estar bem.

Está tudo bem, Hana?

Sim, essa moça é uma boa pessoa. Rimos quando atolamos os pneus na curva. Enquanto Siberí parece que continua a ser o mesmo moloide de sempre, ela está viva. Se virou muito bem.

Amara parece ter muita energia.

Sim. Muita. Ajude-me com esses pimentões. E com os tomates. Corte tudo em cubinhos. Energia, pra dar e vender.

Enquanto o peixe não ficava pronto, convenci Siberí a andar um pouco pelo condomínio e Amara quis também. Na verdade, ela correu atrás de nós sob o pretexto de entregar os óculos do marido, e terminou no passeio conosco. Quando olhamos para trás pudemos vê-la correr, a camiseta realçando a felicidade dos peitos se balançando graciosamente ali dentro.

Atravessamos o condomínio numa diagonal. Agora, queria mostrar-lhes o ponto mais alto, por detrás de todas as casas, na pequena colina que todos chamamos de Mirador, em Amaravati, de onde se pode ver as nuvens formarem o que queremos que formem, lá longe, pululando da boca das chaminés das fábricas, mas como se Amaravati estivesse protegida por esse campo de força impenetrável, e nada do mundo lá fora tivesse a ver conosco.

Me cansei de puxar assunto com Siberí. Ele age o tempo todo como calouro da faculdade: tem opinião sobre tudo e um grande saco de onde retira tolices para discordar de qualquer coisa. Tem encarado tudo como *possibilidade*, essa é uma expressão dele, sua regra do mercado: *encaro ou não isso ou aquilo como uma possibilidade*. Era como eu dissesse: "O céu está tão azul, hoje" e alguém respondesse: "Azul? Encaro o azul como uma possibilidade". Ele me lembrava ainda aqueles garotos de férias, entediados com a paisagem, tirando o pau da tanga e mijando sentados na areia, mortos de preguiça, insatisfeitos diante do mar e de costas para as falésias.

Amara estava talvez enjoada da ida a Cromane, precisava andar, se justificou. Quando se envelhece, não notamos, mas falamos demais e Amara pode ter se cansado dos assuntos de Hana. Acontece o mesmo com Élida, e quando a visitamos em sua casa sempre noto seu enfado das conversas. Élida consegue falar sem tréguas, mas não suporta ouvir ninguém por dez minutos: no décimo-primeiro, vira uma ostra mal-humorada, sobretudo conversando com Hana. Pode ter ocorrido o mesmo com Amara.

Nossa, foi como ir ao zoológico. Sua esposa conhece cada jaula, e não gosta de nenhum dos bichos, me pareceu.

Eu gargalhei:

A imagem é perfeita. Por isso só vamos à cidade obrigados. Ainda bem que Hana tem o telefone de todos os delíveris.

Ela sempre foi muito crítica em relação aos outros. *Aos outros* – enfatizou Siberí.

Eu estava cansado da presença dele, e do modo afetado como falava.

Você sempre fala de sua mãe dessa forma: ela, ela...?

O que há de errado nisso? O pecado de dizer um pronome?

Considere a possibilidade de ser mais gentil com *ela*, Siberí. Não sei em qual teta isso começou entre vocês, nem me importo... ela tem se esforçado...

¿Por qué no te callas?

E me calei, não para obedecer a ele, mas porque continuar aquela conversa seria como querer ensinar a uma roseira o seu nome em latim.

Amara pediu para Siberí:

Meu bem, tire uma foto com sua câmera. A do meu celular é uma droga.

Siberí afastou-se uns quatro metros para colocar a esposa no centro do quadro e fotografou uma, duas, várias vezes. Mas não me pareceu tê-la incluído no enquadramento.

Escalei mais acima a ribanceira e apontei a direção para onde Amara deveria olhar:

Veja, Amara, ali e mais acima, e por todo lado, temos a grande floresta de *Eucalyptus deglupta*, alguns dizem que é a maior do mundo.

Jura?

É o que diz o site da prefeitura.

Siberí pesquisou pelo telefone:

Não é. É somente a segunda. Uma pesquisa mais aprofundada pode afastá-la mais ainda do topo.

Mas já é grande coisa – aliviou Amara. Estou vendo, Michi: é encantadora.

São eucaliptos, mas não confundas esse tipo, pois não produz o odor dos eucaliptos comuns. Seu cheiro lembra mais uma mescla de resina e limão. São uma verdadeira obra de arte, ultradecorativos.

Sim, sim, são lindos – Amara falou e respirou todo o ar de Amaravati de uma só vez.

E o que me impressionou a ponto de eu sempre me lembrar mais de Amara que dos eucaliptos? Como nisso ela se parecia mais e mais com Hana e Brigite: elas experimentam aromas e o sabor das bebidas da mesma forma: fecham os olhos, suas narinas estendem as sensações e sentidos pelo corpo inteiro como uma corrente elétrica. Hana é capaz de lembrar-se de um cheiro por décadas. Brigite reconhece o cheiro de cada homem, e dá notas alcalinas e ácidas para cada. Talvez sejam como meu amigo Florentino de García: ele comeu todas as gardênias do pátio para conhecer o sabor de sua amante Fermina. E bebeu sua água-de-colônia para apoderar-se de todo aroma de sua amada.

Infelizmente, cada vez distinguimos menos os aromas. Se o caráter das pessoas se confundisse com o seu cheiro, não sei se nos enganariam mais do que quando sorriem e usam maquiagem e estão bem vestidas.

Cada um de nós já teve um cheiro próprio. Hana cheirava a jasmim, a flores do campo, eu a eucalipto ou talvez a aroeira. A dona Martinica aí da casa mais abaixo: ela cheirava a fumo ou a mastruz. Mas Beth trazia o cheiro da mesma madeira do seu rabecão: ébano.

Rabecão? – perguntou Siberí, de cima da pedra, ainda fotografando.

Violoncelo – respondi – e continuei falando com Amara:

...contudo, tenho um amigo aqui ao lado. Ele cheira a sangue...

Sangue? – ela quis saber, e Siberí parou de fotografar e olhou para mim, interessado.

Sim, sangue. De porco.

Você é engraçado, Michi. Muito engraçado – ela disse. – Deve ser muito legal passar o dia andando com você por aí. – E continuou: o cheiro é impressionante: pinho, eucalipto, limão. Tudo isso é um espetáculo.

Que beleza: agora você falou igual a Hana – me alegrei.

Verdade? Quero ir até lá, agora.

Não seria uma boa ideia.

Não parece tão longe, estou fascinada por ela. Vamos lá.

Chegar mais perto seria um perigo. Acontecem coisas muito estranhas, ali.

Como pode uma floresta de eucaliptos arco-íris ser perigosa? Deixe de ser preguiçoso, Michi. Leve-nos até lá.

Não tenho vontade, Amara – disse o marido. Além disso, temos um almoço.

Eu não estava disposto a falar para ela daquela belíssima floresta. Falam de pessoas vagando ali como marionetes, anulados de suas vontades, sonâmbulas, perdidas entre as árvores. Posso ser crendice. Mas o pior eu não diria também, especialmente para ela, e isso explica a razão de tantos corpos ali, o número sem conta de pessoas que se mataram entre aqueles mil troncos.

Tinha medo de algo se confirmar: só quem se sente atraído pelo lugar, vítima desse tipo de amor arrebatador à primeira vista, não são pessoas com inclinações estéticas ou musicais, mas somente suicidas.

Ah, que saco, ela reclamou-se.

Lembre-se de lhe presentearmos com os sachês que temos em casa. Têm o cheiro desses espécimes. São ótimos para perfumar as gavetas.

Ela passou a mão na minha cabeça:

Você é um fofo, Michi. Obrigada – e olhou para o portão da entrada – Quem é aquela ali?

Ela se referia à Dignidade.

A senhora Dignidade – respondi, e acenei para a mulher. Dignidade talvez tenha sido espontânea demais ao retribuir. Levantou o braço esquerdo para dar tchauzinho e as banhas se agitaram e Amara sorriu e Siberí riu sua risadinha covarde.

Quando voltávamos a reencontramos com outros vizinhos, lá embaixo:

Salve, salve, Michi. São seus filhos? – o Moreira perguntou.

A esposa lhe deu um tapa do ombro e falou:

Não responda, Michi. Ele está de gozação: sabemos que você não tem filhos.

Eu sorri.

Eles estavam junto à piscina, mas não havia água desde o episódio com os sobrinhos de alguém. Não vem ao caso agora. Havia um carrinho de bebê ao lado do tambor com lenha, o *cockpit* encoberto pela fralda colorida por botinhas natalinas, para proteger o piloto do sol. O choro vinha lá de dentro, embora ninguém desse a menor importância para ele.

Apresentei o casal em meio a essa agitação.

Este é Siberí, filho de Hana. Esta é Amara, esposa de Siberí.

Hi, Siberí, *hi*, Amara – responderam as filhas deles, Nádia, Marta e Tetéia. Uma delas disse "Beribéri."

Siberí – consertei.

Sim, foi o que eu disse: Siberí.

Ouvi mal, então.

Siberí acenou sem o cotovelo se desprender do tórax. Amara trocou beijinhos com as mocinhas. Tetéia quase lhe beija na boca.

Onde está Hana? — perguntou o Moreira — O dia é perfeito para churrasco. Você não quer vir com Hana no fim da tarde, Michi?

Isso. Venha levar outra surra no baralho, jardineiro – disse Dignidade.

Pode ser. Mas talvez fiquemos em casa. Não conseguimos viajar neste feriado, vamos ficar em casa, eu acho, se Siberí e Amara não quiserem fazer outra coisa.

Mas Hana está bem, mesmo? Você não respondeu.

Hana está bem-disposta, obrigado por perguntar. Está fazendo corvinas para o almoço. Está mimando o garotão aqui – apontei para Siberí.

Ah então é o filho de Hana?, perguntou Dignidade. Vi o carrão chegar ontem à noite. Sejam bem-vindos. Apareçam para jogar conversa fora. Mas não tragam esse aí: ele tem esse péssimo vício de cuidar de jardins. Todas as noites, sonho com as formigas devorando suas flores.

Eu sorri de novo.

Gratos, mas não dará tempo – Siberí respondeu, e olhou as horas — não é tempo de voltarmos, Michi?

Sim. Vamos nessa.

Nós nos afastamos dos vizinhos. Eles ficaram em silêncio, mas quando estávamos a cem metros, ouvi sua risadagem, os gritinhos terríveis do bebê...

Uma camionete passou pela rua. O sol teve até o meio-dia para vencer a umidade e a branda poeira fez Amara e o marido cobrirem o nariz. Era o carro do Carmelo, esposo de Beth, mas estava sozinho. Eu não via Beth há semanas.

Alcançamos a casa pelo quintal. E estava eu pensando nas melhores fórmulas para ignorar ainda mais Siberí, quando Amara me perguntou:

Por que aquele homem na piscina insistia tanto em saber se Hana estava bem? Ela está doente?

Não.

Esteve doente, então?

Não, não, não – respondi. Ele só queria puxar assunto.

Jura? – Amara perguntou – olhe que sei quando estão mentindo para mim.

Sim, juro. Era só outro intrometido.

Não se intrometa nisso, Amara – disse o marido.

Um zoológico dentro de outro zoológico dentro de mais outro zoológico – Amara falou.

Siberí bateu os pés no tapete da cozinha, guardou os óculos no bolso e sorriu como uma hiena.

Não canso de olhar para Hana. Ela vai até a sala, ela oferece suco ao filho. Ela volta com o suco no copo cheio, ela guarda tudo na geladeira, ela oferece uma fruta a Amara, em pouco tempo a casa está cheia de hanas se entrecortando, no quarto cobrindo as camas, no banheiro, na sala conversando com Siberí.

Gosto que haja nossa casa, tal qual é, sem nada tirar nem pôr. Gosto de ver Hana reinar nessa casa. Penso: noutros lugares não a viam, na repartição não lhe davam valor; penso, nada sei ao certo, e não me canso de olhar para ela, agora colocando as postas do peixe na panela e mexendo tudo com os tomates e pimentões.

Deixe ferver, Michi. Não mexa, para o peixe não se desfazer. Venha para a sala.

Siberí pegava os talheres e os girava nas mãos e aquilo me lembrou de como fazia o capitão, especialmente no nosso último jantar. Sem tê-lo conhecido, Siberí guardava algo dele, nisso de produzir em Hana a mesma sensação de apequenamento e submissão. Amara era uma luz apagada, embora em dez minutos tenha subido, tomado banho e agora estava sentada à mesa num vestido florido, sem mangas, uma gargantilha de couro, eu não a notara antes, com as iniciais SA.

Hana nos serviu a todos, o peixe era um espetáculo sobre a mesa com toalhas imitando o mar e as peças eram do garfeiro que eu imaginava sumido há uma década. Hana se movia com peso, sorria com dificuldade, eu a conheço o suficiente para saber dessas nuances de arco-íris que esmaece e deixa acesas somente duas cores: o vermelho e o negro. Seria preço caro demais a pagar por aquelas aproximações.

Quanto a mim, me aniquilava a sensação de perda de tempo e de energia. Mesmo empolgado com ação e movimento de Amara falando suas tolices, e eu sendo mais complacente com as dela que com as de Hana, e lhe explicando com paciência as diferenças entre política e economia, o jogo perdera o frescor. Eu me sentia cansado.

Siberí se plantara mais à cabeceira e eu podia vê-lo de perfil, as barbichas de açafrão. Não era só arrogante como os meus alunos, mas ofensivo, até em silêncio, e eu estava disposto a não permitir que ele reduzisse Hana ou Amara ao seu olhar binário sobre o mundo. Mas disposto é mera retórica. Ele continuava Siberí, e eu ainda era Michi, sem muitos ânimos para melhorá-lo como pessoa nem alterar o cardápio de nenhuma ceia.

Comemos. Depois, Amara aceitou o copo de licor de frutas vermelhas, do qual Hana gosta tanto. Elas brindaram e beberam e Amara estalou a língua contra os lábios. Hana falou sobre muitos assuntos: de como usa bem o dia, das lembranças ainda cortantes do trabalho, dos poderes do óleo de coco, do relojoeiro muito jovem conhecido seu em Cromane, tão vivaz a ponto de ninguém estranhar que fosse capaz de recuperar o tempo perdido enquanto consertava o mais singelo dos relógios.

A nossa conversa à mesa não foi melhor do que o doloroso sem sentido de um solilóquio quando há duas pessoas, uma diante da outra. O esforço de arrancar uma palavra que seja de uma delas não resulta em nada. A anticena, o antidiálogo, o desinteresse pelo convívio. Estão ali porque estão ali. E sequer sem a opressão do trabalho.

Tudo descambava para o abismo do improviso enquanto Hana me olhava como se uma máquina falasse lá dentro. Um ventríloquo em estado de sonambulismo.

Ninguém confessou estar exausto.

Eu me levantei e fumei sozinho na varanda.

Em parte: Siberí acendeu seu cigarro no meu e instalou-se em minha companhia. Falou sobre o mundo mágico do empreendedorismo e se eu não me interessava em ações de gado, ou em investimentos no mundo dos games ou ainda se não pensava em transformar, algum dia, a nossa casa num albergue de luxo. Já não me lembro se respondi.

"Bom, eu vou sentar-me ali na poltrona e dormir lendo uma peça. Quem sabe me acordo no Metropolitan, como ontem."

Ele sorriu, mas olhando em direção da floresta.

Despertei com Hana diante de mim perguntando: "Onde estão todos?".

Não tardou muito e os "todos" reapareceram, com malas e bagagens, como se diz. Assim, do nada. Não podiam ficar mais outro dia, nem sequer dormir, e de novo a palavra *desculpa* mil vezes repetida por Siberí pôde ser ouvida. As tiranias dos negócios. Do jeito que chegaram eles partiram. Hana, enfim, voltaria ao *otium cum dignitate*, e eu, ao meu *dolce far niente*.

Ela foi à varanda, sentou-se na cadeira e cantarolou um pouco suas canções. Depois, a levei ao banho, cuidei dela. Naquela noite, fechei seus olhos com meus dedos como fazem com gente morta.

E amanheceu. E os dias voltaram a ser os dias. Quer dizer, depois disso Hana se via insuflada o tempo todo por estranha euforia, e me lembrei daquele dia quando chegou em casa com o folder sobre o condomínio Amaravati na mão. Um mundo inteiro construído nas pétalas de uma imensa rosa:

"Michi, que tal morarmos nesta pintura?"

Não posso negar que daquela noite até hoje se debate em mim outra pintura: o retrato de corpo inteiro de Amara. Ela me lembrava uma castanha, como todas as lindas garotas da minha infância com quem ri e brinquei. E ela me olhava como uma linda garota deve olhar para um homem mais velho: sem baixar o rosto, mesmo quando ele a olhe de forma sugestiva. Deve ir em frente. Precisaria ensiná-la, agora, a olhar o mundo com esperança, mas sem a estupidez dos crentes, e ainda em boa comunhão com a vida. Poderia ensiná-la a não contaminar sua linda boca com tabaco de péssima qualidade, mas a inalar bons cigarros das melhores marcas, do Cairo, como as cigarrilhas do Sr. Roger, boas para a pele e para o tônus muscular de uma garota tão tão tão como Amara. Quando vou ao sótão, me lembro dela.

Noutras vezes sonho que me lembro de ter sonhado com ela, um sonho moldura de outro sonho.

✷✷✷

Olho para Hana como se fosse uma estrela. A lua é só um astro entre outros. Hana não é uma mulher como as outras. Talvez o segredo do nosso casamento seja o fato de ela não ser boa nem má, nem rica nem pobre, nem bela nem feia. Não sei se Hana se enche mais de admiração por um telescópio ou pelas constelações, mas eu sei que prefiro vê-la como a uma estrela.

No verão, se caminhamos na direção da serra, pequenas crateras ainda fumegam no pasto.

"Olhem onde caiu aquela estrela de ontem à noite", os mais jovens de Amaravati apontam para o fumo das fezes das vacas e chamam os velhinhos.

Muitos falam de as estrelas cadentes cometerem grandes incêndios nas plantações.

A culpa é dos eucaliptos, eles são piores que gasolina, os desgraçados, disse o capitão Rossini atravessando a parede da minha memória ou da minha imaginação de novo.

Michi, entre. O mundo lá fora já não é conosco.

As pessoas felizes sabem disso. Porém, progridem quanto mais compartilham. Se jogam. Se entregam. São elevadas, não têm apegos.

Espero Hana abrir a janela, para fechá-la.
Para Hana não pode haver segredos.
Eu não tenho segredos com você, Hana.
E seus sonhos? Por que você sonha tanto à noite?
Eu falei durante o sono?
Não. Mas sonhava outra vez.
Não são sonhos.
Você é mais intenso dentro desses pesadelos do que quando acordado.
Não são pesadelos. Não são nada.

*

A verdade é outra. Nunca tem a ver com sonho, teatro ou o que expressamos, na maioria das vezes. A minha verdade é outra. Tenho medo de que Hana, em sua intensidade, seja vítima do mesmo arrebatamento – ou cálculo – de Nora, e me abandone.

A Nora a que me refiro é uma amiga de Hana, que não hesitou em largar o marido Hermes sob o argumento de precisar educar a si mesma.

"Nenhum homem pode me ajudar nisso."

Que tipo de mulher abandonaria os deveres de mãe e esposa em nome da educação?, perguntaria um misógino que ainda não tivesse saído do armário, mas a pergunta certa é às avessas: qual a mulher que abandonaria a educação e o sucesso para ser mãe e esposa? Com diz o Eclesiastes, tudo tem o seu tempo determinado, e há tempo para todo o propósito debaixo do céu.

Nos meus *nadas* têm aparecido muitas vezes casas inundadas e bonecas destroçadas.
Chove e há um lago barrento em frente da casa.
Devia contar toda a verdade a Hana? Ser sincero e transparente?
Esta não é uma dúvida nova.
Ontem, porém, a felicidade nos traiu a todos. Ou li esses acontecimentos da forma errada e, enfim, tudo se acalmou.
Era muito tarde da noite. Ele cochilou na poltrona. Acordou por causa de uma música tocando ao longe, em algum lugar: *Sing willow, willow, willow, sing willow, willow, willow, sing willow, willow, willow...*
Foi ao nosso quarto e viu a cena: Hana estava morta. Não era diferente de Hana dormindo, com exceção do vestido transparente das festas. Tinha dois tufos de cabelos nas mãos fechadas, como se houvesse chorado até a raiz seu desespero sua dor sua ira antes de. Ele podia ver seu sofrimento, se se concentrasse, para se manter consciente, seus sentidos lhe protegiam disso.
Contudo, agora o rosto de Hana era de um frescor difícil de dizer, um sorriso matinal se

guardara ali, era uma sereia muito calma, mas com hálito amargo, vindo de certo do gosto de castanhas e não de cianeto de ouro, ele pensou.

Talvez Hana pesasse tanto quanto uma flor, talvez já estivesse a caminho do céu. Viu o quanto a copa do salgueiro ao lado da casa avançou pela janela para dentro do quarto; se ventava as folhas costumavam entrar e alcançar a testeira da cama para formar uma escura cauda, contudo se lembrava de ter fechado as janelas e corrido as cortinas quando Hana já dormia.

Afastou a folhagem do seu rosto, mas a planta até ali estava vencendo. Quando venceu a folhagem, viu claramente os olhos de Hana abertos, extáticos, e torceu para aquilo ser um pesadelo.

Em vão: estavam lá, estava lá, e como gostou da ilusão de Hana estar viva porque seus lábios pareciam cantar: *Sing willow, willow, willow, sing willow, willow*... correu à porta para pedir ajuda.

Desnecessário: já estavam todos lá. Sra. Dignidade, Dona Martinica, Beth e o marido, mas também a velha falante e a velha muda, todos, as filhas dos Moreira, Amaravati, em peso.

Tomás foi gentil e ofereceu as vantagens do seu plano para a ambulância vir, também em vão: ele estava perdido demais e não deu importância à gentileza.

"Vá, filho, você precisa ficar com ela enquanto cuidamos de tudo. Feche as janelas, dê um jeito nas cortinas, ela precisa de descanso, agora", alguém lhe disse.

"Mas eu já fiz isso, e fiz tudo o que podia fazer por ela."

Viu quando todos se sentaram à varanda e choraram.

Voltou ao quarto. Estava morto de cansaço. O corpo doía por inteiro. A canção tocava ainda mais alto e tentou falar com Hana. Em vão. Olhou com mais interesse para suas mãos: os tufos de cabelos entre seus dedos não eram castanhos como os dela, mas amarelos, fios que eram penas de ouro, como os cabelos claros de... Brigite. Seus sentidos estavam atrapalhados naquela hora. Tentou arrancar os tufos das mãos de Hana, mas era como se ela, deliberadamente, resistisse, e zombasse dele.

As pessoas começaram a chegar em carros escuros e entre eles estava o carro dourado de Moisés e o carro vermelho de Geronimo: "Eu lhe falei, eu lhe falei, você não pode dizer que não lhe avisei: 'ela vai lhe abandonar como fez com o pai e fez com o imprestável do marido, e com o filho'."

A música parou não se sabe quando, mas só se deu conta disso quando ouviu um grito interminável atravessar a natureza. E acordei.

Voltei a dormir profundamente, e dessa vez sonhei que estava cuidando do jardim, amolava a tesoura, lutava contra a mangueira e a pouca pressão da água pela manhã, mas dessa vez já era a vida, o jardim da realidade do jardim.

Na realidade do jardim, de qualquer jardim, não há nada melhor do que a Candytuft, uma herbácea insuperável, o ano inteiro. É a minha flor favorita. Sejam quais forem suas cores: branca, rosa, violeta, roxa, vermelha... Resiste a tudo e a todos, à nossa presença, ao inverno mais indiferente, à primavera mais voluptuosa. Mas sempre em liberdade, sempre ao ar livre, com sol.

Ah, como sou injusto não me lembrando de citar a Aningapara, ou, pelo nome científico: Dieffenbachia. Precisa de pouco para encher a nossa casa de beleza. Até no escuro e umidade quase nenhuma ela floresce. Nada vou dizer dos seus vários tons de verde e amarelo. E serve também para espantar os maus-espíritos e o mau-olhado, disso eu vinha necessitando muito, desde aqueles sonhos complicados e aquelas inquietações sempre vindas do nada. Rio comigo mesmo pensando o útil que seria para certas pessoas que tagarelam conosco um pouco da minha querida *dumb cane*. Que mordam suas folhas e se calem.

Naquela manhã Hana se levantou às sete em ponto, como sempre. Estendeu dez roupas sobre a cama, escolheu as combinações, vestiu-se, comeu apressadamente, tomou um gole de café, no maior frenesi, para começar mais um expediente às oito, na Receita Federal. Até se dar conta de que está aposentada. A vida que tinha não existe mais. Vomita cada minuto perdido no closet e parece atordoada no resto da manhã. Mas naquele dia sentou-se à mesa e ficou por muito tempo imaginando a vida... a morte, quero dizer, pois me falou de ter sonhado com a morte de uma mulher. E somente a partir disso minha mente rebobinou o meu sonho.

"Uma mulher? Que mulher?"

"Não sei", Hana respondeu, "talvez minha mãe morresse de novo no meu sonho."

"O que significa sonhar com gente que morre, Hana?"

"Acho que depende."

"Eis aí uma resposta bem no alvo."

Ela riu.

"Se a gente sonha com alguém que morre e a pessoa que morre no sonho já está morta na vida real, pode ser muita coisa."

"Pode ser o quê?"

"Pode ser saudade. Pode ser remorso. Ah, há muitos sentimentos, não?"

Foi inevitável associar o que ela me contou do seu sonho e o vômito, pois os antigos diziam que expulsar pela boca os próprios intestinos ou vísceras é um vaticínio da morte de um filho. E quem não tem filho ou filha? Perderá o que considere mais importante na sua vida. Sentimento, sentimentos. Hana não poderia ter usado outra palavra para me afundar tanto em mim mesmo. Meu sonho, embora aterrorizante, não promovia em mim nenhuma emoção especial. Era um sonho em terceira pessoa, distante, frio, agora difícil de se prender na memória.

"Hana, e se é alguém que está vivo, quem morre nos nossos sonhos?"

"Não sei. Me diga você."

Hana me olhou e era interrogação muda, e me senti mal.

"Não gosto nada de sua maneira de falar, Hana."

"Isso, me deixe sozinha, Michi, me deixe sonhar que estou sozinha um pouco."

A palavra 'sentimento' ainda me fazia pensar no sonho. Eu gostaria de espernear e chorar e sofrer por ele, mas a imagem de Hana dormindo sob o véu translúcido do vestido, pronta para uma festa, como água inodora insípida incolor, ao mesmo tempo imune à dor, e estática, me levava àqueles transes comuns aos viciados em morfina, misto de anestesia, amnésia e tédio, enfim uma viagem sem dor, mas com ganhos.

No ano passado tivemos uma conversa de sonâmbulos. Jantamos e Hana foi deitar-se na poltrona da sala com seu caderninho, que chamamos de *astrolábio*. Mas não quis saber de estrelas naquela noite. Amaravati estava em silêncio, depois de Beth guardar seu violino. Levantei cuidadosamente as pernas de Hana, sentei-me e apoiei seus tornozelos nas minhas coxas. Massageava seus pés. Não há como disfarçar o quanto envelhecemos, a julgar pelos pés, a variz, o joanete, o esporão..., e pouco a pouco, o corpo vai se tornando todo um interminável e variado calcanhar de Aquiles. Sei do quanto ela gosta de quando aperto a plantas dos seus pés e os dedos reagem ao contrário de uma flor. Nisso cochilamos, conversando. Pelo menos Hana admitiu de talvez estar dormindo enquanto falava.

Falávamos:

— Mas você contava do seu filho, você precisava de ajuda...

— Houve um tempo em que todos os canais de comunicação com meu filho, sabe como uma TV faz, encerraram a programação para manutenção dos transmissores, lembra, não era assim?

— Nossa!

— E tudo ficava em silêncio?

— ...

— O mal enorme. Filial. Tirar de mim mesma. Ninguém.

— É.
— O amor amordaça?
— Sei.
— Estou dormindo?
— Quis dizer que sou solidário.
— É tarde, é muito tarde. É pouco, é muito pouco. Você deveria tentar me salvar, mesmo tardiamente...

Estávamos dormindo? Ou fingindo dormir? Essa conversa nunca existiu? Convencionemos que sim. Os casais bem-sucedidos são apenas sonhos e convenções.

*

Há algo parecido com um deserto, à entrada da cidade, e uma réplica do Arco. Não o do Triunfo, mas o Delicate Arch. Nosso carro ficou ao lado dessa ruína exuberante e falsa.

Hana sugeriu ir a pé, revisitar lembranças presas a lugares, museus, praças, almoçar onde quisesse, tomar cerveja se a sede indicasse, visitar amigos talvez, fazer itinerários sem sentido, descansar na grama do parque, o dia todo, para ela se sentir viva.

Me sinto sempre-viva, mas quero mais.

Eu respondi:
Se estivermos às oito à porta do Teatro Real, tudo bem para mim.

Juro.

Pensei em trazer livros para trocar no sebo do Geronimo.

Você voltaria sem eles. E sem dinheiro. Ele todas as vezes lhe rouba.

Pouco importa. Livros não me interessam como antes.

Não se meta com a Raposa, Michi. Você joga mal. Quem lhe disse o que ele lhe disse já vem avisando.

O que ele me disse?

"Não é só sobre a ganância. Há o jogo: o mais importante de tudo". Não foi isso?

Algo nessa linha.

E quando perguntou sobre dinheiro, e como ele conseguia viver daquele moquifo, o que a Raposa respondeu? Você se lembra?

Sim:

"Melhor que o ouro é a astúcia de consegui-lo."

Viu? Quem aceita perder tudo por um jogo onde o objetivo é humilhar os outros... Não gosto de você sendo o bobo de sempre nos negócios.

Não exagere. Mantive um bar por anos e vivi disso.

Quebrou.

O sol havia voltado, o vento era agradável, o dia brilhava sem nuvens e, com elas, o céu quieto nos envolvia, os jardins estavam cuidados, era um mundo sem sombras, estávamos bem. Não tínhamos medo de nada. Fiz silêncio e esperei falar da próxima vez com Hana somente para surpreendê-la.

Hana diminuiu a passada e parou diante da relojoaria Universal. Olhou para o pulso nu e outra vez para a vitrine.

Eu preciso de um relógio, Michi.

Por que não trouxe um dos seus? Você tem três, não é?

Você me deu todos. Venha, entremos lá e me faço uma surpresa. Quero aquele.

Era um relógio dourado em meio a centenas de dourados no aquário.

Hana, você consegue ver a marca no fundo do mostruário desse relógio?

Vejo. A cabeça de uma vaca.

Vaca não têm chifres, Hana. É um touro. É a marca da Taurus.

Taurus não é o seu revólver?

Exatamente. Eles não fazem relógios. Esse Taurus aí sequer é uma falsificação, como todos esses peixinhos e peixões. É uma invenção completa.

Não tem importância, se me dá as horas, Michi. Não gosto de ver o tempo passar no telefone.

Ela mexeu na bolsa e encontrou a carteira.

Eu mesma me presenteio, meu bem. Não faz mal. Eu mesma me contento.

"Não faz mal, me contento" é uma resposta indireta à piada que eu contei a ela numa dessas expedições pelo comércio: Hana, você não é muito diferente daquela mulher que em épocas de séria crise do algodão disse ao marido: sei das circunstâncias, me adapto e me curvo a elas. Fui comprar ontem o vestido de percal, e como o algodão encareceu, me contentei com o de seda.
Hana continua alheia a tudo quanto acontece a ela e aos outros: não busca extrair lições de nada, e jamais na vida vendeu conselhos a ninguém. Ela não se altera se a Terra gira, e para qual lado. Dois dias antes de se aposentar, me disse sua frase mais longa em vinte, vinte e cinco anos, movida por uma razão que jamais detalhou:
As pessoas podem até me considerar uma estúpida, mas eu acho: as virtudes não servem para nada, não são bom negócio. Conheço todos os sonegadores de Cromane. Nunca haverá clemência onde tudo está à venda. Aqui só resistem a caridade, a vaidade e a venalidade. Por isso, não há escapatória para os inocentes enquanto existirem essas "ades."

Restou a primeira: a caridade, lembrei.

A primeira é só a segunda disfarçada, ela falou.

Estranhos instintos foram tomando conta de mim enquanto a porta da relojoaria se abria. Olhei para Hana e sorri. Ela mantinha os olhos no balcão. Conhecia seu olhar. Durante esses anos, temos caminhado juntos, o mais lado a lado possível. Tenho convicção de quanto a amo. Minhas convicções são ao mesmo tempo verdadeiras e falsas. Tenho ciúme dela? Não tenho ciúme das pessoas. Se algum ciúme há em mim será somente o ciúme daquilo que desconheço dela.

Michi, você sabia que você fala enquanto dorme?
Verdade, Hana? E do que eu falo?

Ela havia guardado o pacote com o relógio. Não quis usá-lo.

Sabe o que me falta, Michi?
Não sei. Você uma vez me disse ter tudo o que quer, quando quer.
Pois menti para você. E depois para mim mesma.
Fale a verdade: o que lhe falta?
Um segredo.

Antes que eu perguntasse de novo ela seguiu, andando aos pulinhos e absorvendo toda a luz:

É. Um segredo. Sou muito transparente, Michi. Isso não é bom, acho.

Todos têm segredos, mesmo inofensivos.

Preciso de um inofensivo para colocar no lugar do mais ofensivo, é isso.

Assim meus instintos se alteraram, e triunfou a sensação de que a amava. Ri de suas tolices outra vez. Alcancei-a no terceiro ou quarto passo, segurei-a pelo cós da calça, porque ela gosta, e girando o pulso forcei-a a mudar de direção.

Saímos da rua para entrar no Jardim de Luxemburgo. Atravessamos antes de o sinal abrir para nós na escadaria da República. O som de um enxame de abelhas. Fugimos pelos degraus e entramos na outra rua, por uma galeria sombria, com arcadas baixas. Agarrei a mão de Hana, e em mim todos os instintos se acordavam e dormiam, se acordavam e rugiam. Não sei se meus gestos eram mais o gelo da carícia ou o incêndio do desdém, mas tinha a certeza de que de algum modo caíamos juntos na vala comum de todos os casamentos, onde reina um tipo de vidamorte estranha, em que o gelo e o incêndio trocam de cara e de nome.

O que diria ela se soubesse dos meus devaneios naquele instante de fuga?

A luz em Cromane é sempre teatral. As calçadas são largas, tão diferente do paraíso onde, como todos sabem, as portas são bem estreitas.

As janelas estão vivas. Tenho de dar razão outra vez a Geronimo, para quem as ruas bem podiam ser pavimentadas com os olhos de quem amamos, e só assim os nossos pés seriam delicados o bastante para não deixar rastros. Ou com os olhos de quem odiamos, para cegá-los com requintes, com os saltos de nossas mulheres.

As casas são pontiagudas, há monumentos e escadarias demais. Nos prédios de apartamentos há também escadas, em caracol, que mal suportam o peso das pessoas. Um deles é aquele homem sinuoso empurrando alegre a filha no carrinho com cara de Mickey. O prédio tem muitas feições, é o homem entrando na barbearia, e já o outro com a toalha quente sobre a cara, e já é aqueloutro mais generoso deixando a gorjeta para Aqueloutro. A vidraçaria é uma grande lente sobre a cidade, onde podem(os) nos ver, mas em algumas épocas do ano, cuidado, o reflexo pode provocar incêndios em carros e nas lojas de perto.

Hana saltitava à frente e sugeriu de entrarmos no primeiro ônibus para alcançarmos o centro.

Aqui é o centro.

Não é o único. Há outros — ela disse. Gosto do centro do centro de tudo.

As cidades amaldiçoadas têm os seus centros na praça do mercado ou em torno de suas igrejas.

No centro de Cromane está a catedral, há muito transformada no centro de compras, de propósito construída centímetro a centímetro duas vezes maior que o Louvre. Mesmo ganhando dezenas de mezaninos e elevadores que são ao mesmo tempo andares inteiros, em alguns pontos ainda podemos olhar para o escuro lá no alto, e lembrar de nossa arrogância diante do universo e de Deus. Nada mal para um shopping, cujo granito e mármore cinza vieram da Itália medieval, o piso da França, as paredes dos mosteiros do Reino Unido, segundo se lê ao pé da estatueta de Deus, no átrio, a figura que luta para garantir algum protagonismo, o globo na mão direita e um esquadro na outra, sob os auspícios dos deuses da mineração, do gesso, da bauxita, do alumínio, da extração da madeira, que assinam todas as criações ali. Uma arquitetura toda feita à base da pilhagem, bem a cara de Cromane. Nada mal: a cidade é um parque temático cujo tema principal é o dinheiro.

A banda marcial da polícia tocava os hinos em meio à salva de tiros de festim.

Estávamos sentados lado a lado no ônibus.

Eu podia ver o rosto de Hana colado no vidro da janela refletindo mesmo quando ficava escuro. Seu rosto brilhava como lâmpadas de led. Ela cantava baixinho suas canções fraturadas. Tenho a impressão de Hana ser sempre a da nossa varanda, a um gesto de transformar-se ela mesma nas estrelas que conta no céu de Amaravati.

A paisagem escureceu outra vez.

Na escuridão do túnel se nota como a vida é flagrada por alguns desses aparelhos dos médicos, os estroboscópios, ou a vida tal qual é nos bailes, ou nas vitrines, a ilusão de claros-escuros, de movimentos e repousos, para nos enganar que colhemos o Instante, ou deixar nítido o quanto o Momento é a ignição do momento seguinte, a Ilusão de que paramos a Doença. A imagem de Hana surgia, desaparecia, Hana cantarolava, a varanda, Hana silencia, o túnel, voltava a cantarezar, e era ela, perpétua, estava ali; mas era sempre a Outra, do Tempo-Instante fugidio. Ah quantas maiúsculas cabem nessa frase.

Agarrei suas mãos. Ensinou-me a dançar e todas as vezes que a seguro pelas mãos me lembro disso.

E por que Hana adora dançar?

"Para toda vez sentir o que Anna Karenina sentiu quando valsava com Vrónski vendo os outros casais morrerem de inveja afogados em malícias."

A música atravessa todo o corpo de Hana e a dança altera sua respiração, e altera a minha e se os garotos do condomínio pudessem vê-la dançar nua como faz no nosso quarto, teriam a ilusão de o tempo nunca alterar a mulher que dança, e por isso eles poderão seguir amando todas as hanas estroboscópicas maliciosas do mundo, porque é com a alma que Hana dança, e dali do seu corpo de aço a alma se eleva, em flor, a flor.

Me senti só. Tomei consciência de ser eu também uma imagem imprecisa para Hana naquele momento. Estávamos como em ônibus distintos. Em Cromane cada um viaja em um ônibus diferente. Estamos em Cromanes alheias. Amaravatis incomunicáveis o tempo inteiro, meu deus, essa era nossa verdadeira estética, a tragédia da incomunicabilidade, de não podermos nos tocar senão no mundo dos sonhos, a tragédia minha, nossa, dessas máscaras, e me senti demasiado só no universo. Onde estava a hecatombe? E ela ergueu a cabeça, o quarto a olhava em torno de si, à procura dos males que a faziam sofrer.

Se caísse sobre nós agora o Grande Meteoro ou um novo dilúvio, eu não deixaria nenhuma herança sobre a Terra, talvez eu seja como o Sr. Roger dos eucaliptos, alguém semeando tudo em volta, mas com semente que não é a sua, essa imagem estroboscópica que agora Hana admira. E cantarola. E ri.

"Estou flutuando no espaço, bem longe da Terra/ Mais do que uma nuvem, deixo as coisas se afundarem em mim/ As estrelas não têm o rosto que tinham ontem/ Estou aqui no topo como um meteoro/ Além do que podiam imaginar para meu coração/

O planeta Terra é mesmo vermelho/ O que fazer?/ Antes tudo me atingia como um raio entre os olhos, capitão David, hoje, não/ que bom não precisar fazer nada para mudar nada."

Eu a beijei. Mas me pergunto: Ah, Hana, *where is your heart?*

O ônibus se moveu para dentro de Cromane e em algum momento chegaríamos ao miolo do miolo, onde Hana se sentiria ela mesma uma festa. Ela olhava as pessoas como se parte do espetáculo fosse ser vista.

Um feriado onde todos trabalham. Assim deve ser a vida. Hana suspirou. Longas férias de dias imprensados entre feriados e mais feriados.

Como diz aquela propaganda sobre sapatos, Michi?

Ao ingrato, com a ponta do sapato?

Não, outro.

Cada um sabe onde lhe aperta o sapato?

Também não.

A saúde não está no prato, mas no sapato.

Muito menos.

Ah, me lembrei: nem amor forçado, nem sapato apertado.

Exatamente essa.

Há tempos eu não a via tão incensada, sorridente, atordoada, infantil, jovial, complexa, extasiada.

Ajudei-a a levantar-se e abracei-a. Ela amarrou os cabelos flutuantes e olhou para o alto, esses gestos dos quais não nos lembramos quando estamos sozinhos, ou só vamos dormir, e não somos nada. Depois me olhou, e me pareceu ter relembrado toda sua vida naquele instante. Ou esqueceu-se de tudo, de quem era e de quem eu era, que era um disco apagado, uma ausência de música numa caixa de música.

Olhava para ela e me divertia imaginando-a como as personagens femininas que frequentam minhas doces perversões. Queria me concentrar em Hana. Por detrás daqueles olhos há mais e mais, anima-se outra Hana. Acho que Hana tem a força de parir outra família, uma cidade maior que Cromane. E nada parece não ter sido para ela. Hoje à noite, no Teatro Real, será ela outra vez, por isso é preciso lhe dar valor e me concentrar de verdade em Hana.

"Em você, só penso em você, Hana. Eu temo por você." Lembro de ter lhe dito isso alguma vez.

Não custaria almoçar com os amigos, mais tarde. Quem está mal, se esconde. Pessoas felizes querem sorrir em grupo. Comer, gritar, beber, esbanjar e gargalhar juntas. Celebrar. Torcer. Transbordar. Festejar a alegria gerando alegria, a usina, o dínamo, a fortaleza, li no livro *A engenharia da Felicidade*.

Marquei com Tomás no restaurante.

Tomás?, disse Hana. Fala dele como se fosse um grande amigo.

É um sujeito decente, suas aventuras me fascinam, eu respondi.

Eu me lembrava de algumas conversas com meu amigo, mas essa Hana já conhecia: eu estava cortando as folhas das bananeiras que avançavam pelo quintal da vizinha, quando Tomás apareceu para me entregar um presente:

Tome aqui esta caderneta, Michi. Faça isso: durante a semana anote o nome das pessoas que gostaria de ver mortas, por qualquer razão.

Agarrei o objeto ainda confuso. E ele continuou:

Elas atravessaram na sua frente, lhe forçaram a usar a buzina, lhe chatearam com um perfume forte demais, lhe forçaram a cortar a bananeira, não importa, qualquer coisa.

Sim?

Sim, e traga-a num sábado desses. Quando for atirar, se concentre. Atire na cabeça de cada um dos porcos pensando que ali está a cabeça de cada uma delas.

Uma bela caderneta. Vou usá-la para anotar ideias menos humanitárias.

Ideias ou cabeças, Michi, dá no mesmo.

Sabe, você não está totalmente errado quanto a isso.

Crie um capitalismo e uma moral só para você, Michi. Pense nisso.

Eu ri e não sabia se Tomás entendia o mesmo que eu naquela brincadeira.

Falo sério. Eu faço desse jeito.
Ah sim? E quantos são os seus porcos, Tomás?

Ele respondeu grave, já de volta para dentro da cabine com ar condicionado da picape:
Três durante esses anos todos. São sempre esses três. Meus mortos são sempre os mesmos.

Mas essa mais recente eu não contei ainda para Hana.
Escute, Hana: eu me lembrava da outra vez em que estivemos com os porcos:
"Você acredita nisso, Tomás?"
"Nisso, em fim do mundo?"
"Sim. Do boato do meteoro."
"Pode não ser boato. Deus já fez isso outras vezes."
"Ah, fala sério."
"Falo sério, Michi. Exceto meu pai, toda a minha família é católica. Fui criado lendo a Bíblia e indo à missa."
"Li Shakespeare. Li Tchecov. O mais próximo da Bíblia a que cheguei? Dostoiévski."

"Perdeu seu tempo, amigo. Qual desses está vivo?"

"Todos eles, e nenhum."

"Você é professor. Professores sempre estão envolvidos com gente morta. Mas você só me entendeu pela metade. O mundo para esses já acabou. E vai acontecer outra vez, mas agora não tem nada a ver com Deus. Dessa vez seremos nós."

"Aí, sim, começamos a concordar."

"Os chineses, Michi. Fica de olho nos chineses. E nos americanos. São mais perigosos que a Rússia, o Irã e a Coreia do Norte."

Tomás deu uma pausa:

"... Sabe, Michi, eu falava dias desses para minha Glockinha: 'a verdade é essa: as pessoas estão de fato cansadas'."

"Entediadas. Até eu estou."

"Nada! Você vive no bem-bom."

"Isso também é verdade, Tomás."

"Escuta: Deus acabou o mundo uma vez, sabe?"

"Duas. Duas vezes."

"A Terra é diferente do mundo, sabe, Michi? E a ira de Deus nunca mira a Terra. Mas o mundo. Há quem pense de Ele ter destruído a Terra, o planeta, e colocado outro, sobressalente, no lugar, como um pneu. Mas não foi desse jeito. O mundo acabou para aquelas pessoas. O mundo são as pessoas."

"Pena: o dia 29: Temos menos de trinta dias. Em Cromane, pelo menos, será feriado."

"Eu cresci ouvindo essas histórias."

"Quais?"

"De fim de mundo, rapaz. Os mórmons, de cada dez palavras que falavam, três eram 'fim-do--mundo'. Os testemunhos de Jeová adoravam os fins do mundo. As capas daquelas revistinhas deles eram o paraíso, mas lá dentro o mundo sempre pegava fogo."

"Sem o fim do mundo o mundo das igrejas não fica em pé. Mas tudo bem, é o mundo onde os ricos ficam mais ricos e os pobres mais espiritualizados".

"Você agora acertou bem no alvo. Você é um cara inteligente, Michi. E quer saber? Acreditando ou não em Deus, acredito no mundo se acabar, e isso inclui Cromane. Se brincar, até Amaravati, inclui todo mundo: a morte é arbitrária."

"Bobagem: a vida é que é. Em algum momento a química juntou o que somos e viramos uma verruga qualquer, o rato, o porco, o macaco, sei lá, e aqui estamos, esses verrugões. Frutos do péssimo acaso. A morte, não. A morte respira mais: tem foco, fé, determinação. A morte é uma máquina desejosa, cheia de ódio e vontades."

"Caramba, você precisa se tratar, professor. Relaxe pelo menos uma vez."

Nós rimos.

O rádio continuava falando sozinho, depois a voz de monge de Milton Nascimento, o rio corroendo ali ao lado as rochas, os afloramentos do gesso, depois o rádio voltava a falar do fim do mundo, mas não de nós, e enquanto escutássemos música a vida ainda fazia sentido.

"Você é um bom cara, Tomás."
"Por que você está dizendo isso, professor?"
"Alguém já lhe disse isso?"
"Toda mulher me acha um cara cem por cento um segundo antes de levar meu dinheiro."
"Ficar sem dinheiro é o começo do fim do mundo, a pobreza é o começo da morte, já dizia o pai de Hana."
"O mundo acaba para as pessoas. Pobres ou ricas."
"Dirija, Tomás. Você conseguirá chegar a tempo na cidade?"

Tomás baixou um pouco o volume do rádio e pudemos ouvir mais o vento assobiando no canavial. Acendi um cigarro.

Meu amigo olhou pelo retrovisor central da camioneta, onde se balançava um crucifixo. Olhei pelo espelho lateral e acreditei de ele ver o mesmo que eu: a poeira vermelha atacando o céu branco, de gesso. E ele continuou:

"Vou lhe contar como acabou o mundo hoje: era uma vez seis porções: um cristão, um muçulmano, um ateu, um capitalista e um socialista."

Ia dizer para Tomás do quanto ele estava misturando as coisas, mas decidi aproveitar a disposição dele, e fumar em silêncio. Ele continuou atirando:

"Cada um levou um tiro na cabeça. Estão todos aí atrás ainda sangrando. *Nós* atiramos neles, Michi. *Nós* fomos o fim do mundo para eles."

Eu ri.

"Contaste errado: são seis na boleia."

"Sim, o sexto morreu primeiro. Era o sindicalista. *Eu* atirei nele com minha Glockinha, não foi você."

"Cara, você mete sindicalista em todo lugar possível e impossível, não é?"

Tomás deu uma gargalhada. As veias de suas mãos sobre o volante, e do pescoço, ganharam a grossura de um cartucho: "Eles que não se metam comigo quando chegarmos."

O carro derrapou na piçarra, mas ele aprumou a picape em direção a Cromane, por estradas de terra que só os clandestinos conheciam, seguindo ao largo da rota abandonada dos trens do açúcar.

"Fica de olho nos bolivianos, Michi. E nos venezuelanos. É de lá que vêm cem por cento dos sindicalistas."

"Um amigo que pense diferente de nós", disse Hana. "Isso não existe mais. Tomás me parece uma pessoa feliz."

Hana tem uma ética, uma estética da felicidade que admiro cada vez mais. Tão coerente é nisso que a aplica até nas leituras. "Por qual razão alguém deve perder tempo lendo um livro?" é a frase mais famosa do homem mais rico de Cromane. A resposta de Hana é desconcertante de tão exata, justa, impecável: "Para ser feliz, ora. A leitura é uma forma de felicidade, a mais pessoal, a mais completa, e que ninguém pode roubar ou afetar."

Uma leitura invisível, amordaçada, muda, clandestina, secreta, sem jamais iluminar com sublinhados uma palavra: essa é a indelével leitura de Hana. Numa noite dessas, ela retira *Anna Karenina* da estante e lê a última cena para mim:

> Anna conhecera Vrónski no dia em que o vigia fora esmagado pelos vagões. Ele e Oblónski viram o cadáver desfigurado. Oblónski estava bem abalado, a ponto de chorar.
>
> — Que horror! Ah, Anna, ainda bem que você não viu aquilo! – Oblónski dizia.
>
> Vrónski estava sério como dizem ser os santos.
>
> Enquanto caminhava, a imagem que não viu a inquietava agora muito mais. Anna entendeu o que tinha de fazer. Cruzou a correntezinha, desceu rapidamente os degraus, contornou a caixa d'água lá embaixo, e logo alcançou os trilhos. Estava a dois metros do trem que

passava. Sentia o cheiro do óleo, via as correntes, as altas rodas pesadas, sentia o calor de tudo no seu rosto. Lá embaixo dos vagões morava uma escuridão só amenizada quando terminava um vagão e começava o outro. Anna calculava os pontos entre as rodas da frente e de trás, e seu corpo, equilibrado na mureta, buscava ritmo na composição, o instante perfeito.

"Ali!", disse, para si, os olhos em um ponto onde a sombra era sempre a mesma, apesar da velocidade dos vagões. Óleo, carvão, areia, os dormentes, tudo convergia para aquele ponto no universo. "Ali, bem no meio, vou castigá-lo. Livro-me deles todos, e de mim mesma." Com o intuito de lançar-se não para dentro, mas para baixo do próximo vagão, que se aproximava. Balançou-se de leve agarrada aos canos. Na tentativa de livrar-se da bolsa, perdeu a oportunidade da morte que passara. Quase sem tempo para a espera, ficou atenta ao vagão seguinte.

Anna sentiu-se tomada por uma sensação de frio e torpor, como num banho de madrugada. Em-nome-do-Pai ali mesmo, sua alma se encheu de lembranças e sensações e, de repente, as sombras se perfilaram diante dela, e deram lugar a pequenas alegrias, bolhas no ar, perseguidas por uma Anna radiante e feliz.

Um pequeno mujique trabalhava num ferro, enquanto falava alguma coisa. As lembranças, é inútil iludi-las: Anna lembrou-se do rico Lopakhin, que era visto como uma pérola rara, mas se sentia um camponês por baixo da pele. Não podia lembrar-se dele sem ser conduzida à figura da criada Daniacha, que chamava o quarto de *berçário*, e toda vez entrava ali com uma vela na mão. O comerciante Lopakhin tentava ler sob a luz da vela, mas adormecia. Anna o estimulava, mas ele era sempre vencido pelo cansaço. Ela leu em voz alta todo o volume de *L'Homme-femme*, de Dumas Filho, mas aí foi a própria Anna que se deixou vencer pelo tédio e a falta de imaginação. Anna Karenina estava entregue a lembranças diante da vida, esse livro repleto de ilusões, maldades, terrores, e agora se iluminou para ela tudo aquilo que, antes, era treva, quando o segundo vagão apontou na reta antes da estação, suas mil rodas ruidosas. Naquele momento preciso, no ponto mais legível, entre as rodas dianteiras e traseiras, Anna largou a bolsa vermelha e, como empurrada por forças dúbias, pensou:

"Onde estou? O que estou fazendo? Para quê?"

Era o tempo que necessitava para ver a figura brilhante de Vrónski, ainda o grande exemplo da juventude dourada de Petersburgo. E era mesmo ele. Vrónski desceu até ela, agarrou-a pela cintura sobre a mureta, depois com um salto colocou a si e Anna na parte de cima, depois desceu e voltou do outro salto com sua bolsa vermelha. Ela estava a um passo de desmaiar, suas mãos tremiam, mas ele outra vez a agarrou pela cintura. Ela o enlaçou com o braço esquerdo por trás do pescoço, puxou-o depressa para junto de si e beijou-o com força.

"Vamos para casa, Anna", Vrónski já repetia pela terceira ou quarta vez.

Anna sorriu. Nela desaparecera para sempre qualquer noção de castigo ou iniquidade e, no fundo de sua alma, percebia que era impossível lutar contra aquele abraço pois erguia-se à sua frente a perspectiva de uma felicidade deslumbrante.

*

Cansada da felicidade nível *Anna Karennina*, Hana passou ao estágio *Madame Bovary:*

O padre fez uma observação que julgou importante àquela hora:

— O Senhor prolonga a existência dos que mais ama, É diferente dos deuses pagãos. Os planos de Deus estão comprometidos com a salvação, a felicidade eterna.

Charles Bovary permanecera calado. Recordava de outro dia quando Emma, agonizante, pedira a comunhão. Bovary se recorda de detalhes: a pequena mesa entupida de xaropes era o altar. Felicité lançava pétalas de dália pelo chão, e Emma, mesmo no auge da doença, de repente se sentia forte, livre das dores, de todos os sofrimentos.

Charles olhou para Emma e suas lembranças é que a acordaram.

Sim, Emma olhava para tudo, ternamente, e todos ficaram em silêncio.

— Dê-me meu espelho – ela pediu. E ficou debruçada sobre ele, com a expressão de que vivia dentro de um sonho. As lágrimas corroeram os olhos. Depois, bruscamente, um espasmo lançou outra vez sua cabeça no travesseiro.

Charles sentiu que deveria se preocupar mais. O peito de Emma ofegava e o ar era pouco. A língua estava toda fora da boca; os olhos giravam, pálidos, lâmpadas que se apagavam. Um médico inexperiente ali lhe julgaria morta, mas teria de explicar as contrações, as acelerações do ventre, a expiação violenta, a alma largando o corpo, mas não sem remorsos. Felicité agarrou-se ao crucifixo e ajoelhou-se. O padre sentou-se ao lado da moribunda e incentivou-a a aceitar que juntasse seu sofrimento ao de Jesus Cristo e navegasse bem pelas ondas da misericórdia divina. O farmacêutico Homais olhava para ele e via somente um corvo, mas flexionou um pouco os jarretes. O Sr. Canivet fingia não estar lá. Bournisien parara de arrastar sua batina enquanto andava pelo quarto, e escolhera um canto para voltar às suas orações. Charles estava ao lado de Emma, os braços estendidos sobre ela. Apertava suas mãos, estremecendo, como se fossem ruir os dois ao mesmo tempo.

O eclesiástico se metera em resmungos latinos quando começaram os soluços de Bovary. O sofrimento só aumentava.

De repente, deu para se ouvir um barulho na calçada, um ruído de tamancos combinado a raspares de um cajado, e se ouvisse uma voz, era uma voz amena que cantava. Emma sentou-se. Felicité sorriu. O padre resmungou. Quem dera converter em moribundos todas as estátuas galvanizadas.

O viço voltava às pupilas de Emma fixadas em Charles, como se cortasse um céu de papel celofane.

— É aquele cego! –, gritou, e quis levantar-se, exaltada, mas Bovary e Homais a detiveram.

Emma riu, entre a histeria e o desespero que são formas de alívio, sutilezas horrendas da morte fingindo a vida de pressa de vagar. Livrou-se das mãos de Charles, suspirou profundamente e tossiu com cerimônia. Homais olhou para o vidrinho de remédio e não acreditou no seu poder. Felicité agradeceu a Deus com os joelhos flexionados e as mãos muito acima da cabeça. Charles parecia uma criança quando chora descontrolada.

— Modere-se, filho - o padre recriminou.

— Deixe-o - defendeu Emma Bovary - o tempo é todo nosso, agora.

O trapeiro cego se afastara, o silêncio se alternava em pássaros, vento e folhagens, e o sol começava a aprender a frigir seus primeiros sorrisos.

*

Eu estava cansado já da leitura, os dias não tinham graça. Inverno ou verão não me alteravam em nada. Rolei besouro para seu lado da cama, acendi a luz amarelada da cabeceira, voltei besouroso para meu lugar e esperei que Hana se deitasse ao meu lado, vencida pelas letras. Mas não foi isso que aconteceu, ela estava empolgada de um jeito que eu não vira antes com a leitura. Ela bebeu um pouco mais de vinho, fechou os olhos e escolheu, aleatoriamente, outro romance na estante, virou a última capa do volume para si, e sem ela mesma ler o título, abriu o livro como fazem os japoneses, e leu as últimas páginas para mim:

"Não houve lepra, mas há febres de toda ordem sobre esse planeta humano. Febres, lepras, tifos, as maiores novidades são as doenças, novas e velhas. Em menos de um ano, uma dessas se encarregou de Ezequiel. Ele foi enterrado nas imediações de Jerusalém, a cidade fidelíssima, e os dois amigos bem fizeram em lhe erguer o túmulo com muitos detalhes em prata e com esta inscrição do profeta Ezequiel, em latim: '*Par la grandeur de ton commerce tu as été rempli de violence, et tu as péché; Je te précipite de la montagne de Dieu, Et je te fais disparaître, chérubin protecteur, Du milieu des pierres étincelantes*'."

O besouro interrompeu Hana:
Ah, querida, por favor, traduza para mim.

Ela catou lentamente cada significado:
"Exageraste em tudo no teu tráfico e a violência inundou teu coração, e pecaste; portanto, te atirei da Montanha de Deus ao Abismo, como um trapo, e te exterminei, ó anjinho cobridor, para o meio das pedras de fogo." Diz mais ou menos isso.

Amigos, amigos... isso não existe mais – comentei – por favor, continue, está boa sua leitura, Hana.

E ela se animou toda e seguiu, como nas leituras dramáticas que eu costumava passar como exercício para os alunos, e Hana buscava a impostação correta para o personagem ou narrador:

"Mandaram-me também os textos latino e grego, e o desenho da sepultura: a estátua de bronze ou latão mostrava um *chérubin* de corpo inteiro, esbelto, olhos um pouco fugitivos, como as mãos, como os pés, como tudo, e nisto o escultor e os amigos foram fiéis ao defunto. Mandaram-me a conta das despesas e o resto do dinheiro do cofre e dos bolsos. Pagaria sete vezes sete a quantia para não tornar a vê-lo.

Ocorreu de vasculhar na minha Bíblia e conferir o texto, mas algo soava postiço, e corri para o verso acima: 'Tu eras perfeito nos teus caminhos, desde o dia da tua criação.' Pensei um pouco, os olhos no desenho da escultura, e me perguntei, ou era somente um espasmo: 'Que contas prestará?' A conta que dará de si. O anjo não me respondeu. Eis aí mais um mistério para esquecer junto aos tantos desse planeta imundo. Apesar de tudo, jantei bem e fui ao teatro."

Acorde, Michi, escute essa, você vai gostar, você gosta de flores.

"Deixa que eu diga: minha alma não é mais essa flor solitária. Embora dilacerada, já não sofre pelos cantos, lívida e desbotada: vivi tão bem quanto pude, e sempre uma amiga estava pronta para me consolar o corpo, que amigas caprichosas não faltam, rainhas dos caprichos efêmeros e das visitas breves. Olho o passado como estivesse numa exposição, e me farto de retrospectivas e a luz do salão esmorece. Somente uma delas deixava o carro à porta com elegante cocheiro, de libré. As outras, vinham e saíam em maiores aparições, e, quando chovia, eu as deixava lá dentro e ia tomar um carro de praça, e as trazia sob o guarda-chuvas, e me despedia com grandes gestos, e todo o exagero das recomendações para guardarem segredos e cuidarem da saúde.

— Guarda o livro que te dei?
— Levo; lerei-o, até amanhã.
—Até amanhã.
Não haveria esses amanhãs.
O carro seguia, eu estava à porta e ficava à porta, o passado agora era a esquina, eu espiava para dentro da casa, consultava o relógio, e não distinguia mais nada, não acreditava na existência de mais ninguém. No tempo que fosse, ao aparecer outra visita, estendia-lhe o braço, como autômato mostrava-lhe os bustos pintados nos quadros da sala, os quadros históricos nos corredores, aquarelas de paisagens da sala, um pastel na cozinha,

uma *gouache* no quarto, e também essa cansava, e também essa visita ia embora, depois...

Eu já estava dormindo quando vi Hana parar um pouco a leitura e olhar em torno do nosso *berçário*.

— Meu Deus, Michi, não basta morar dentro de uma pintura. Moramos aqui dentro desses livros, também?

— O que você falou, querida?

— Nada, nada. Pensava em Amaravati, e na vida, como estivesse no interior das lembranças e vivente no tempo de não-sei-quem. Mas deixe-me terminar, faltam um, dois, três... seis parágrafos:

"E bem, e o resto? Bom, me faço a pergunta sozinho: por que é que nenhuma dessas foi capaz de nem de longe de me fazer macular a imagem da primeira amada do meu coração? Talvez porque nenhuma dessas caprichosas tivesse os olhos de ressaca. De cigana dissimulada e oblíqua, de fluido misterioso e enérgico, de uma força que arrastava para dentro, como a vaga que se retira da praia.

Mas não é este o fim do livro. O resto é saber o fim de Capitu, da Praia da Glória: já estava confinada para sempre em Mata-cavalos?

Jesus Ben Sirac, se conhecesse meu coração e os raios dos meus primeiros ciúmes, dir-me-ia, e me diz, como no versículo 1 do seu capítulo IX: "Não tenhas ciúmes de tua mulher para que ela não se meta a enganar-te com a malícia que aprender de ti". Mas não acredito nisso, e deves estar de acordo comigo: se te lembras bem da

Capitu menina, não poderás negar que ninguém muda, e que a casca é igual ao que há por dentro da casca.

E, bem, minha primeira amiga e o meu maior amigo, tão queridos e extremamente amados também, quis o destino juntá-los, e a mim, no mundo onde estamos ou somos todos enganados.

Isso me falaram os bustos pintados nas paredes. Entraram a falar-me que eram incompetentes para reconstituir qualquer história de tempos idos tão dolorosamente. Então pegasse eu da pena e contasse tudo. A narração me daria quem sabe alguma ilusão, e as sombras voassem ligeiras, mas eu sabia como eram e serão para sempre como aquelas do Fausto: "Aí vindes outra vez, inquietas sombras?..."

A terra lhes seja leve!

Vamos à *História Feliz dos Subúrbios*.

FIM."

***

A metamorfose... A Ilíada..., todas as obras na nossa biblioteca têm versões revistas e muito melhoradas. Aquiles faz as pazes com Heitor, e nada de corpos arrastados com violência. Troia é poupada. Andrômaca ri. Enéas corre pelos campos sob a neve com o pai e o filho, para sempre felizes.

Se os anjos são terríveis, nenhum livro deve ser. A vida feliz é solar e devemos fazer de tudo para que jamais acabe. Quem a entende de outra maneira está equivocado.

TASTE

Feliz é o riquíssimo Rangel, antes o viúvo mais infeliz da Terra. Vive em segundas núpcias com sua Élida, ele com setenta anos, ela com metade.

Como contar a história do lar que se ergueu enfim nessa mansão? A avó abandonou o marido e teve uma filha com outro. Esta, que se chamava Diane, traiu o marido engenheiro no primeiro verão, teve uma filha do amante, divorciou-se, mas voltou para o engenheiro, e morreu sem revelar que a segunda filha, Carmen, também não era dele, nem do primeiro amante, mas de outro.

Carmen se casou com um homem muito rico e, talvez até conde, se a aristocracia falsa ou verdadeira não for sempre um estorvo a mais. O típico casamento por amor ao dinheiro, e teve uma menina, uma ex-modelo, que se apaixonou perdidamente por um viúvo, tão rico quanto a riqueza.

Essa modelo se chama Élida, aparentada de Hana. O ricaço se chama Rangel, antes paupérrimo advogado casado com a única herdeira de um baronete riquíssimo de Cromane, um casamento trágico, uma morte trágica, uma herança milionária, o paizinho-de-açúcar de Élida, um viúvo infeliz. Será que eu já disse?

Depois que Élida perdeu o filho, ela passa metade do tempo tomando banho de mar, e a outra metade ao telefone. Metade do tempo ao telefone ela usa com Hana. Sei mais do que imaginam.

Os Rangel enchem a casa de visitas o tempo todo e não têm de pensar senão na criadagem e nos bolos e nos canapés e são anfitriões de fama internacional. Quando esteve o presidente da China em Cromane o governador lhes telefonou e o mongol dormiu na mesma cama que eu e Hana dormimos.

Assim, estão as enteadas (a mais velha mais velha que a madrasta Élida), e seus amigos e pretendentes o tempo todo nos quartos, pedindo o que sonharem pelo interfone, ou estamos seus amigos, e Hana é a melhor amiga de Élida, segundo a conta telefônica. Hana não era de confidências, mas o simples contato com aquela abelha pegajosa talvez desse algum prazer de ter suas fantasias de malabarismos amorosos na ponta da língua; o segundo prazer funambulesco seria silenciá-los. Eu me lembro do feriado passado: estavam conosco outros amigos,

Amanda, Tom, Vertentes e Ted, e entramos no meio da conversa deles sobre pintura. Ted estava havia dezoito anos morando em Cromane; visita os Rangel a toda hora e se não me engano tem um quarto para si o tempo todo na casa e o vi algumas vezes dar ordens aos empregados:

"Não abram todas as janelas agora. Preciso me acostumar devagar com a luz."

O que deixava os criados confusos. Mais: apavorados, porque o Sr. Rangel acabara de ordenar justo o contrário:

"Abram todas as portas e janelas. De que serve a casa melhor do mundo se o sol não pode entrar e a brisa do mar lá embaixo não pode instalar-se nela?"

Mas as regras de Ted venciam. Ele chegara com uma companhia de teatro, cumprira duas temporadas na cidade: se apaixonou e não quis mais sair. Quando não está no solar dos Rangel, está sob os auspícios de outro magnata.

Pernoitamos no deslumbrante quarto da deslumbrante casa de Élida e Rangel. Observo com calma os detalhes, desde a grande porta holandesa, os vidros vermelhos enquadrados em madeira branca. E o grande relógio de bronze.

Hana comentou algo sobre *o nosso berçário* tão singelo. Nada parecido com o quarto de hóspedes dos nossos amigos, onde a cama já era o próprio quarto. E nos animamos para conversar até cairmos no sono, como crianças. Procuramos assuntos novos, e Hana falou:

Um amigo uma vez me disse não ter vocação para a vida dupla.

A vida a dois?

Não. Uma vida dupla.

Entendi. Pois se ouço alguém falar isso, me apronto para atirar: não se trata de um ator, mas de um farsante completo.

Não, este não.

Estavam de volta certos momentos em que Hana se contorcia por dentro e seus sentimentos mais cavernosos e secretos pareciam explodir e eis ali sua carinha de obscuridade cinzenta. Cada vez mais, agora, demorava a surgir aquele seu rosto todo sorrisos, brotos do nada, aquela doçura das rosas.

Para não ser apanhada em flagrante tristeza, do nada sua alma se reanimava e seu semblante resplandecia. Se um pintor agisse numa hora daquelas, resgataria uma espécie de prazer que vem lá de dentro e nos faz esquecer os instantes anteriores e sermos de novo capazes de acreditar nas almas boas, nas boas intenções, ou nisso para o que estamos completamente desaparelhados para ter de volta: a paz de espírito.

Por que você fala desse modo, com essa carinha triste?

Não estou triste. Só achei uma pena, ela respondeu.
Por que você achou uma pena?
Se a pessoa não está feliz com a vida que leva, tem direito a outra. E a outra. E a outra mais. Ou não tem?
E você, Hana, é feliz com a vida que...
Felicíssima. Antes de você me perguntar se juro, respondo que não tenho razão nenhuma para mentir. E você?
Eu minto: não sou feliz.

Hana se espreguiçou sobre a cama do tamanho do mundo, e confessou:
Ah, Michi, às vezes se aprende mais na cama do que na escola...

***

Vamos direto ao ponto. Hana estava tendo um caso? Estava apaixonada?
Hana se tornara uma faladora. Élida a ouvia pelo telefone: manhã, tarde, noite, madrugada, sem perder a pose de sereia sobre penedos. Mas, pelo outro aparelho, também se autorizava a alguma solidariedade em relação a mim, dizia, e me ocupava horas com detalhes, de Hana não ser essa sereia como a sereia Élida imaginava, enfim, e por dentro de suas longas conversas sempre aparecia a hipnótica frase dos seres mitológicos:

"Ah, Michi, querido, que Hana nunca saiba, mas posso falar francamente com você sobre isso tudo?"

Eu já trabalhava menos no jardim, nas cercas, não perdia meu tempo onde seria melhor: nas conversas fiadas com o grupo de botânica ou nas idas à cidade com Tomás. Estávamos todos escravizados pelo mesmo assunto, inominado; amesquinhados pelo mesmo sol ou presos nas mesmas sombras vulgares e sem forma, ou melhor, deformadas; orientados pela órbita desses dois corpos celestes, Hana e o amante, se se encontraram ou não, o planeta giraria assim, se se viram em um café, a Terra giraria assado, se comeram purê em um restaurante, éramos mais felizes, ou não, deveríamos ficar taciturnos se saíam a um passeio, ou sabe-se-lá como, se se eclipsam no motel.

E se estivesse, quem era ele?

Quando acordamos, Ted estava pintando um quadro. Representava o lago que se via à distância, entre as ilhas, o primeiro plano de rochas vermelhas mais reais que as mesmas rochas que podíamos contemplar no mirador privilegiado na casa dos nossos amigos.

Hana olhava para aquelas rochas, lá atrás as bestas marinhas de Ted voando para engolir pássaros na fuga do horizonte, deixando subtender simulacros da morte e Hana encobriu o rosto com uma das mãos e voltou-se para o outro lado, de novo notificada pelo cartório particular de sua alma.

O que me pareceu mais interessante foi o pintor falar não do quadro, mas do que faltava a ele: a figura de uma sereia moribunda, tola criatura perdida, incapaz de encontrar de volta o caminho do mar, e está agora agonizando – e por isto a obra se chamaria O *fim da sereia*.

O quadro havia sido encomendado pela dona da casa. Quando nos sentamos à mesa, o velho Rangel conversava com a jovial Élida. Ele lia o jornal, e conversava. Ela tomava um comprimido, e se perguntava em voz alta porque era tão triste e nunca chorava:

Você nunca sai de si, por isso nunca chora.

Ah, não me venha com essa. Você é bem encalacrada. Fechada como o besouro.

Besouro é você.

Lacraia.

Lacraia é sua mãe.

Você é hermética.

Obrigada.

Mas não é profunda.

Veja só o inseto que fala.

Quando finalmente nos viram cortaram a conversa nesse ponto da entomologia, abriram seus sorrisos e nos desejaram bom dia. Ele segurou sua mão com suavidade e ela suportou algum asco para não retirar aquele peso de cima dos seus dedinhos ágeis.

Mas como em todas, daquela vez também as conversas eram somente banalidades. Élida reclamava de Rangel porque ele comia de menos e fumava demais. Tinha pressa para terminar o café da manhã e nenhuma para acabar os cigarros.

***

Minhas pernas doíam quando entramos no *boulevard* da Antiga Comédia, a do restaurante Farsano.

A casa atravessa a quadra e se pode sair por umas daquelas travessas inúteis e úmidas até alcançar a Junta do Comércio. É uma casa com fachada de mogno e janelas altas de vidraças, o primeiro andar com guarda-sóis que são homens elegantes, e janelas com cortinas que são mulheres com cabelos tomados por tempestades.

Um restaurante tem mais vida pregressa do que as pessoas. A do Farsano começou em 1902, quase na mesma época da primeira fase de Amaravati. Era uma simples *brasserie* fundada por Vito, continuada pelo seu filho Antonio. Sobreviveu com mais vigor ainda às guerras, e quando chegou ao tempo em que as mulheres começaram a queimar sutiãs, já não era uma inocente *brasserie*, mas confeitaria e uma casa de espetáculos aberta dia e noite no Jardim de Inverno. Uma das suas noites mais memoráveis foi aquela em que, na mesma plateia, Fidel Castro e Marlene Dietrich assistiram a um show maravilhoso de Nat King Cole.

Além do restaurante que inaugurou toda a história vitoriosa do Farsano, há o Farsano Al Mare, Gero, Parigi, Bistrot Parigi, Trattoria, Monno Ruggero e os bares Aretino e Dubbi Amorosi. Dizem que nesse último é servida a *miglior pizza del mondo* e comer ali é tão bom que chega a ser uma experiência erótica ou pornográfica.

O Farsano é grande, mas na medida certa. Contam de as pessoas desaparecem ali dentro, por fricção.

Mas termina por aparecer espaço para outra grande mesa. É o lugar preferido dos nativos, isto é, os que têm qualquer identidade que o dinheiro pode comprar. Não há tempo para sacar a máquina fotográfica dos telefones móveis, por isso os turistas preferem menos o centro do Centro Comercial do Farsano.

Não gostei de ver tanta gente.

Podíamos ter ido ao Laperouse.

Não adiantaria. Não acharíamos lugar neste feriado, Michi.

Eu fiz reservas pelo telefone há duas semanas.

Ora, você fez reservas? - ela continha sua chateação - Você não me disse nada disso.

Mas logo seu rosto era de led, de novo.

Quando algo a machuca, alguma usina lá dentro gera energia e ela volta a brilhar. Sempre foi assim, ou quase sempre.

Na época em que nos conhecemos, Hana não buscava um homem: queria um homem, o corpo de um homem, como se precisasse de um espártaco. Para posar. Quando lhe contei sobre minha vida, na saída do teatro, ela me disse:

"Você é perfeito. Você parece alguém sem exageros. Detesto a gente exagerada, dos gestos largos, mas a cabeça estreita. O que você ensina na universidade?"

"Teatro."

"Perfeito. Adoro o teatro. Já fui atriz."

"Verdade? Bem, eu também, mas esse tempo eu não conto. Eu era um estudante bem relapso."

"Ah a vida não tem de ser o tempo todo uma chatice. Quando somos jovens, podemos jogar tudo para cima a qualquer hora e seguir."

"Você é que é perfeita."

Sorrimos. E resolvemos entrar no café e esperar um pouco. Esse pouco terminou sendo os vinte e cinco anos que temos, juntos. Desse modo somos duplamente jovens.

"Bem", disse Hana, "fiz teatro amador. Nada também que possa contar pontos na ficha funcional de uma servidora pública."

"Ah sim?"

"Sim, se você passar amanhã na Receita Federal, verá a porta de uma sala com o nome 'Hana'. Você entra e vê uma plaqueta numa mesa com o nome 'Hana' e depois disso tudo suponho que terá visto um crachá enorme com o nome 'Hana'. Nenhuma delas é melhor do que eu. Todas sou. E nenhuma."

"Você nem sabe como isso me interessa. O jogo das máscaras."

"Vinte anos naquilo e você perderá o interesse por qualquer jogo, professor Michi."

"Michi."

"Michi."

Assim Hana encontrou seu espártaco. Se não encontrou um escravo, ou pessoa com teoria e prática edificantes, achou pelo menos um desertor. Depois daquela noite não me lembro de nenhum momento mais que estivéssemos distantes um do outro pelo telefone, pelo café, pelo chá, pelo teatro. Nos domesticamos um ao outro. Naquele começo, Hana agia como quem sofre pela ausência de alguém e ao mesmo tempo deseja ardentemente a presença urgente de alguém. Não muito diferente do que acontece com os hóspedes, mesmo quando eles são da família: "um hóspede duas alegrias dá. Uma, quando chega; a outra quando se vai."

Numa daquelas noites em que buscávamos seduzir um ao outro, cheguei a perguntar:

"Você está de luto?"

"Luto?"

"Sim, você perdeu alguém?"

"Não, querido. Não perdi nada nem ninguém, que eu saiba."

"Você saberia."

Ela olhou por debaixo do chapeuzinho para as luzes estendidas no corredor da cafeteria. Estava sob aquele casaco verde de mangas felpudas parecidas a gatos marrons. Sob o casaco, havia um vestido vermelho, simples, curto para os seios e para as coxas, e Hana pode vesti-lo ainda hoje sem se envergonhar das pernas, firmes até hoje. Me recordo de ela tirar a luva da mão esquerda, aquela autômata agarrou a xícara de café e respondeu do fundo de um poço, de sua profunda melancolia:

"Sim, eu saberia, Michi."

Sem dizer nada, desde lá, sabíamos tudo um para o outro.

***

"Hana o conheceu nessas lojas Polishows, que encantam homens e mulheres, onde vendem de robôs espetaculares que varrem a casa a chips que injetam insulina nos diabéticos, como é o caso do viúvo aqui de casa, e a drones do tamanho de uma colher de chá que vigiam os cães ou os filhos, se não há gente na casa", me falou Élida por telefone. "Mas a imagem daquele homem ali não batia: o cara estava vestido em calça estampada com flores, talvez amarradas por um simples cordão, essas calças hippies, como me disse Hana. Ela o olhou por algum tempo, sem saber a razão. Me disse:

'Ele não tinha nada demais: uns trinta e poucos anos. A barba castanha e sedosa parecia estar eternamente molhada. A camisa de meia até os punhos e os músculos desleixados no esqueleto, embora em forma. Não usava óculos: fechava os olhos um pouco para ler melhor os preços, e isso era algo charmoso. Mas não era nada disso nele que me tocava tão profundamente.'

'Não?', perguntei.

'Tinha o olhar de anjo perfeito e abandonado'. Hana estava toda naquela resposta. 'Era como ele houvesse desistido de tudo e, mesmo assim, continuasse a acreditar pelo menos no milagre dos eletrodomésticos. E, prima, você sabe: aquele tipo de homem para quem olhamos e temos a impressão de podermos cuidar dele melhor do que ninguém'.

'Sim', Élida falou para Hana.

E Élida para mim:

"Justiça seja feita, Michi, as mulheres de nossa família nascem com o dom. Sabemos quando um homem busca ardentemente algo e o quanto está disposto a dar, ou a perder de si, para obter."

***

Eu estava de novo imerso num bosque de limo muito viscoso, mas sabia de quais outras vidas ela falava naquela hora, na deslumbrante cama da mansão dos Rangel deslumbrantes. Levava em conta a razão de manter as portas abertas e fechadas de uma casa, por onde o sol pode entrar. Ou o pássaro fugir. Como é também em qualquer casamento.

Ele era vinte anos mais vivo, porém Hana via nele algo de paternal no seu corpo de Apolo, na sua voz de Dioniso, e se permitira a tudo quanto se negara a ser antes, uma mulherzinha submissa. Trocavam e-mails e mensagens de todo tipo. O telefone vibrava e ela vibrava e corria para a varanda e a varanda vibrava.

Aquele amor a convertia numa adolescente tomada por ciúme e iludida por aventuras e perversos sins que eram nãos, e nãos que talvez fossem sins. Quando viajava, voltava apagada, e não conseguia aproximar-se de mim por vários dias, até passar a sensação de ter sido carne e peixe.

Ela havia se tornado um tipo de mulher adulterada pelos monólogos e lástimas e silêncios, embora um simples aceno do outro lado da linha a transformava numa máquina cheia de sim, ai, sim, eh, sim, oh, sim, sim, ui, sim, ah, sim, sim, sim...

***

Tenha paciência comigo. Não me curarei jamais disso?

Venha se deitar e durma. Não precisamos transar. Somente se deite sob meu braço e durma.

Isso só piora as coisas para mim, Michi. Que sadismo esse, o seu.

Eu fiz silêncio e larguei o livro. Hana sentou-se na cama e soluçou:

Agora está bem claro o quanto somos ambos insinceros.

Não dependia de você.

Eu sou tão corrupta quanto qualquer um ou uma qualquer em Cromane.

É só uma pétala, não uma mulher, temporariamente, perdida. — Tentei confortá-la.

Corrupta como meu pai.

Ali estava uma Hana opaca, pesada, a sombra mais triste no quarto.

Seu pai era o tempo do seu pai.

Não. Estou cercada de gente corrupta, morta, ou à beira da morte.

De manhã, vou lhe meter à força dentro do carro e lhe levar a um médico. Chega. Não tenho de ouvir mais sobre essas loucuras de sua família.

Somos todos fracassados lá em casa. Mas eu fracassei mais do que todos eles. Minha sorte é não acreditar em Deus.

Não seja tão dura. Esqueça Deus. Você tem seu caderno, suas constelações.

O casamento *dele* é uma fraude. Mas o nosso também é.

Mas não o nosso amor. Ah por favor, escute: venha para cá. Desligue-se. Durma, Hana.

Não me conforte. Não posso ouvir essas palavras amenas de você.

Eu me calava. Mas ela voltava a falar comigo, mas sozinha:

Não me deixe sozinha com isso. Isso tem a ver contigo. Não se finja de morto.

Quando me tratava por *tu*, por *ti*, ou com *contigos*, era como a voz de uma criança dentro de si murmurasse. Hana era alguém no fundo de uma caverna buscando piedade, e isso encontrava em mim todo o eco do mundo.

Nada funcionava. E ela ficava dias janelas fechadas. Onde passava, proibia a luz de entrar. Mas do nada, animada por pólens de flores imaginárias e florais de Bach, acordava do breu desse estado de tédio bem parecido ao de coma, punha os pés descalços no chão ao lado da cama e era outra vez a luz do sol, então podíamos passar o dia inteiro no nosso *berçário* ou cuidando das cercas e do jardim.

Eu sabia, e Hana sabia, de cor, cada um a seu modo, o mesmo texto: estamos vivendo papéis cada vez mais duros de representar. Todas as suas deixas são dolorosas e remetem a mais significados que meu corpo pode suportar em cena.

Adormecemos.

Hana estava beijando minha mão quando me acordei? Chorava? Esperei-a se levantar, não abri os olhos sequer para vê-la entre as pálpebras, pus-me imóvel muitas horas e isso me fez cair numa madorna indefensável, e imaginar ter sonhado perguntando a Hana se ela estava chorando, beijando-me e chorando?, e me sentia mal por não ter olhado sob a nuvem no seu rosto na hora para perguntar, que tipo de companheiro você quer que eu seja?

Me acordei com Hana beijando minha mão e chorando baixinho, e mesmo de olhos fechados eu via, se eu fosse um único órgão e não um homem, eu seria um imenso olho, por isso sonhei que imaginava ser um grande olho, um olho como um meteoro, um olho sem pálpebras que não se fecha e tudo vê, e deseja ver, e não pode esquivar-se de ver, é justo o contrário do cego mais cego o vidente mais vidente, mas sonhei com Hana me chupando?, e chorando?, poucos homens conseguem olhar nos olhos de uma mulher daquele ângulo porque estamos perdidos, fechamos os olhos como santos, ou se não era Hana e a felação era Brigite e a felação, mas de nenhum modo estou enganado, havia o choro, silencioso, pesado, de angústia, disfarçado.

Sei, já ocorreu de estar com mulheres que choram montadas, no torno já vi muitas, de prazer fiz algumas, mas era a mão ou o pênis, sobretudo é ao choro que me refiro, pesado, triste, Hana chorava o meu choro e o dela, permitia-se nisso, me presenteava com isso, mas estava enganada, não a queria triste, perdida, e quando me virei horas depois havia muitas roupas sobre mim, calcinhas que ao toque dava para adivinhar as cores, camisetas, vestidos finos e transparentes com a pele fria de cetim, calças compridas quentes e pesadas, e Hana provava roupas e mais roupas sem parar, havia um caminho de roupas dali até muitas direções do quarto, para onde vai? Acorde, ela disse, hoje é domingo, vamos por aí?, ou vou sozinha?, e seu sorriso se transformou outra vez na única coisa possível e real a me devotar.

Hana trata o passado como trata dos calos. Há tempo, sinto que ela vive dentro dessa pele muito sutil e está a ponto de romper o plástico. Não imponho. Não discuto. Não sou eu. Rio.

Do que você está rindo? Entramos ou não?

"Não sou eu." A frase não faz sentido. É uma ideia estúpida. Crer nela faz desaparecer até minha solidão. Olho para Hana e Hana é sempre Hana. Hana entregue à sua música, Hana e sua flama inocente mas nunca tola. Ela sempre está. Sempre se contorce. Sempre esperneia. Quero ser como Hana. Não ser eu.
Mas permaneço em minha solidão, e de algum modo isso espelha aquela de São Romano, ou do outro romano, Calígula, uma solidão envenenada de presenças, e não a autêntica, do silêncio e do movimento das árvores. A minha também range os dentes e ressoam nela barulhos e clamores perdidos. Não há remédio.

Não há remédio, respondi.

Apareceram taças de champanhe entre nossos dedos.
Era certo encontrar Cromane e meia lá dentro.
Vi, de cara, alguns ex-alunos da universidade, mas mantenho distância deles, ainda mais depois de terem voltado do exterior com seus diplomas que eram mais horas de cama e de coca e de vida

sociopata e de troca de favores do que qualquer outra disciplina. Boa parte da perda do meu gosto já pouco pela universidade tem a ver com essa geração pernóstica de doutores e seu palavreado.

As aulas para mim eram meio de vida, o salário, sem qualquer transcendência. Ali não era diferente do orfanato. Um jovem doutor de vinte anos é uma linda flor murcha e prepotente. Só faltava me ensinarem algo. Saí antes. Passei direto pela mesa.

Há a mesa da amizade: Julie pediu pato.

Há a mesa da desamizade, da guerra, dos bajuladores, do amor: Russell diz que as secretárias são como os políticos: adoram o poder.

Há as mesas do fracasso, do perdão, da ira. As emoções têm filé garantido desde 1902. Há mesmo muita gente e não dá para descrever o piso com flores de lis negras encravadas no mármore, alvíssimo na inauguração.

As paredes continuam da cor do salmão recortadas de cima a baixo por grandes áreas douradas onde fica pendurada a vida: velhos presidentes, antigos cantores, imperadores, duquesas, todos com olho na comida.

Como se chama aquele pássaro, Michi: o que bebe uísque por dez homens e esbanja por cem mulheres...?

O estorninho, Hana.

Exato. Beber e esbanjar deixa esses estorninhos de Cromane reflexivos e felizes.

O ar estava tomado de uma euforia gasosa e brilhante. As madames gargalhavam como as rolhas explodindo espelhos ao abrir-se abruptamente a garrafa. Eram cinquentonas com as cabeças chifrudas ocupadas com sexo, maridos setentões, filhos trintões, mas elas sereias velhas infladas de vida, se reconhecendo nas letras machistas das músicas brejeiras.

Estão às mesas com gargalos, pescoços e ombros de garrafas, sob o impulso descontrolado de atender aos bips dos celulares, de luzes verdes, azuis, amarelas, brilhantes, a explodir no seu rosto, e aquilo produzir eletricidade e simular orgasmos *brut* e *demi-sec*. As íntimas rajadas de felicidade.

Entramos empurrados lentamente pela pequena multidão, como num carnaval, e consigo ouvir a conversa de Lilian e Marconi, no balcão:

"Imagino que os homens vencem as mulheres em tudo."

"..."

"Menos quando o assunto é infernizar a vida de outra mulher."

"?"

"Não suporto mulheres, pode isso, de mulher ser misógina?"

"Pode ser."

"Pensando melhor, tem isso, claro, da violência: os homens são campeões em violência. São máquinas de bater, não?"

"!"

"Mas sejamos justos isso tem a ver com todos."

"..."

"Com a genética, a raça humana."

"..."

"É. Acho que você tem razão, você é justo, não se pode generalizar."

"Com certeza."

Há amigos que não reconheço. Amigas que jamais vi e me cumprimentam com a taça no ar, e isso chega a ser obsceno, visto sermos desconhecidos de cama-mesa & banho, onde se pode aprender mais e mais sobre alguém. Me lembrei outra vez do fim de noite com Hana na cama deslumbrante dos Rangel:

Eles cochicham diante de mim. Você não nota?

É compreensível, Michi. Veja: somos um só, unha e carne, como se diz: mas você é um estrangeiro. Eu, queira ou não, tenho as raízes em Cromane. Saio, mas ela continua em mim. Neles também.

Têm razão quando cochicham e você está certa: um estrangeiro, um desconhecido, um errático.

Engordou demais para ser isso, um errático. Michi. Vamos dormir.

Rimos. Mas eu continuava a pensar alto com ela:
Eu não pertenço a lugar algum. Levo uma vida postiça.

Não será porque na primeira chance de pertencer a algo, você desce do caminhão?

Hana feria o compromisso sempre traído na vida a dois: lembrava daquelas situações sobre as quais os casais juramos não usar nunca como bofetadas um no outro. O que ela não sabia por inteiro era de períodos bem difíceis para mim, meus amigos estavam morrendo, eles caíam aos cachos, ou como as cascas dos eucaliptos, eles simplesmente desapareciam, não havia mais para quem ligar, não me apegava mais a nada, diante das fatalidades ou das banalidades eu simplesmente entronchava o rosto para o lado como as vítimas de derrame, ou mais: aquelas caretas do Chuck Berry; deixava a sensação passar, *descia do caminhão*, atravessava a rua sem olhar para o semáforo, e nada me acontecia, mas os outros eram solapados da vida, arrastados.

Hana completou cada lembrança minha:
Não se queixe.
Não estou me queixando.

Minha resposta de novo afundava em muitas ideias e imagens de destroços. De casas vazias. Numa tempestade que ia e vinha. Agarrara-me com toda a força a essa vida à razão. Não cedia espaço.

Era preciso ser mais do que era, sob o risco de ser somente quem era. Tanto isso quanto outra coisa Hana não entendeu: sempre estive pronto para receber uma nova educação dos meus sentimentos. Estava tentando me enquadrar o tempo todo, e não estava me reclamando.

Claro que está, Michi.
Eles cochicham porque não ajo como um negro?
Você é negro e age como um negro, um preto, seja como quiser se dizer.
Não. Ajo como um branco.
Pois trate de agir como um cinza.
Talvez esteja ainda colhendo cerejas no quintal...
Vamos dormir, Michi. Você já não está falando coisa com coisa, mais.
... vai ver essa seja minha vida verdadeira e tudo o mais outro sonho.

✳✳✳

Estávamos eu e Élida ao telefone:
"Quem é ele, Élida?"
"Giacomo."

Eu não conhecia nenhum Giacomo. Exceto aquele que parecia um pária na família dos donos do Farsano.

"Estive com ele, uma vez, em companhia de Hana, claro. Ela tem um ímã para homens sem muito interesse para a vida prática. Nesse ponto... posso falar sinceramente, com você, não? Você largou o emprego de professor, mas aquilo foi digno, Hana me disse de como lhe pagavam mal, um homem com suas qualidades... além disso você tem isso das bricolages, e faz minha priminha feliz, mas Hana tem mesmo uma queda por homens sem o menor senso de ambição. Ele é um tipo de estudante universitário temporão, esses homens aparentemente maduros, sabichões de todos os assuntos, e mais fiéis à sua banda de rock dos tempos da faculdade do que a um emprego de verdade. Veja o que eu o ouvi dizer, naquela tarde no shopping:

'Minha esposa? Minha esposa deveria se orgulhar de um marido como eu. Bancar minha vida faz parte. Não fosse isso, estaria perdida, teria duas filhas com um dentista ou um otorrino. Ou uma com cada.'

Hana riu. Se algum dia esteve entediada, fazia biquinhos, dava tapinhas nas mãos dele.

Interrompi Élida:

"Terminará por se separar da mulher."

Lembro-me bem de ter perguntado isso quando estacionava o carro a uns cem metros da grande parede formada por velhos eucaliptos, e ouvia lá fora as primeiras cigarras do crepúsculo. E me recordo da risada de Élida pelo telefone me envergonhar perante os insetos e pássaros da montanha.

Somente depois veio a resposta:

"Se separar?, Jamais. Que Hana nunca saiba... mas nem pensar, Michi."

"Então é de Hana toda a esperança?"

A voz de Élida aumentou do outro lado:

"Ora, Hana está apaixonada. Quando se está apaixonada e alguém diz no nosso ouvido: 'Você é muito burra', só ouvimos: 'Tenha esperança. Vai dar tudo certo'. Portanto, Michi, não seja tolo. A mulher dele tem mais dinheiro que todos nós juntos. E não esqueça do quanto eu tenho dinheiro. Eu e meu viúvo. Mas perguntei para o moço a opinião da mulher sobre isso, de tanta celebração à vida e pouca contribuição com trabalho."

"E ela, o que acha disso?", perguntei.

"Antes de ela dizer algo, eu respondo para ela que a vida é curta, que há dívidas impagáveis até para os muito ricos, e o mais importante é usarmos todo o crédito que os bancos nos deem e deixar a vida rolar."

Hana riu de novo.

E sabe como ele completou, Michi? – perguntou-me Élida:

"... lá em casa, eu me falo, eu me digo."

"Você jura, ele falou isso?"

"Sim, por quê?"

"Porque é um ladrão... E Hana o ouviu dizer isso?"

"Ah, Hana ria e ria e ia. Por tudo. Seu gosto era de Giacomo vê-la sorrir na plateia. Eu imaginei do Giacomo ser um artista. Ou um Casanova.

"Um pilhador", eu disse para Élida.

"Ah, Michi, fale palavras que eu entenda."

"Um miserável pilhador, um punguista, um ladrãozinho."

"Pelo menos isso", Élida respondeu, e fizemos um pequeno silêncio no telefonema.

"A mulher dele vai qualquer hora lhe dar um pé na bunda. Veremos isso."

"Você precisa aprender a pensar como os ricos, Michi. Eles não raciocinam como pobres. Isso você faria, se fosse ela. Nós, ricos, pensamos de forma elevada. Sem perdas."

"E como pensa um rico?"

"Ah, Michi, não dá para explicar isso a quem não é um de verdade."

"Tente."

"Não dá. Não quero lhe chatear, mas você de fato não entende. É um jeito de pensar que se aprende à medida que vai se tornando rico e mais rico. A economia, muito mais do que a moral, define o pensamento. Aliás, define tudo, inclusive a moral."

Élida estava cantando para si mesma agora e eu gostaria de desligar e ficar um pouco em silêncio, fumando sobre o capô, as pernas encolhidas, ali na mata. Chateado.

"O sinal está péssimo aqui, Élida."

"Eu sei, Michi, você quer desligar, de novo. Escute: se não quer saber dessas coisas, basta me dizer, e não ligo mais."

"Não, não é isso."

"É, sim."

"Por favor, não deixe de me ligar. Quem sabe podemos encontrar uma forma de ajudá-la, eu e você?"

"Vou repetir meu conselho: não se meta nisso, querido. Assista. Sei bem como são essas coisas."

"Tem razão. Também sei."

"Sabe nada, Michi. Venha um dia por aqui, quando o viúvo não estiver e o Ted estiver pintando em outro lugar. Podemos conversar com calma, olhando o deslumbre do lago, aqui de casa. Sabe, Michi, posso falar francamente com você? Às vezes me sinto sozinha ou entediada."

O telefone já estava longe do ouvido ou fingi não ouvir. Depois de alguns segundos, ouvi o resmungo de um bip, e a sereia voltou ao lago, e eu estava agora sozinho, pensando em Hana. Quero dizer, em mim.

***

O capitão Rossini atravessa a parede do Farsano e a mesa, e grita:

Pobres são como eucaliptos. Nasceram para o roubo. Aquosos asquerosos.

E os outros se danam a falar, sem freios, não há quem não tenha uma sentença para dar ou vender:

— Tão repugnantes quanto os velhos pobres são os novos-ricos, os emergentes, com muito medo da pobreza, como se a possibilidade de perder fosse uma espada de Dâmocles a pender o tempo todo sobre as cabeças.

— Pobres não têm alma.

— Não precisam. Já têm o carnaval, o samba, o futebol.

— Os pobres procriam mais. Como galinhas australianas, sapos cururus, peixes-luas, tanreques.

— Deveria ser assim: se não tem dinheiro, se não se identifica pela conta bancária, se for um pouco escurinho, a gente deveria se livrar dessa sujeira.

— Já é assim. Fizemos isso com o Paulo, que não tinha crédito nem cartão, e nós o pegamos para cristo.

— É, já é assim, mas tem que ser o mais assim possível.

— Já lhe disse que meu filho é economista e doutor em Aporofobia, por Harvard?

— Não havia me falado. Ele escolheu uma boa carreira. A minha filha também. Todos têm o melhor senso de justiça, que é seguir a natureza. Os escravos são escravos por natureza, como dizia o sábio Aristóteles; e isto se aplica aos pobres também.

— De um jeito ou de outro, o que existe é o justo, por isso existe.

— Você precisa aparecer para o culto, você sumiu.

— Estou indo a outra igreja.

— À qual?

— À Wall Street do Senhor.

— Quero.

E qual imagem não me largava? O capitão no restaurante, na penúltima vez que o vi contemplando um prato:

— Precisamos nos armar até os dentes contra os pobres.

E secundado por seu amigo:

— Todos se abancam: em Cromane, há três tipos de pobres: os pobres envergonhados, os pobres vergonhosos e os pobres sem vergonha.

— Não sei qual dos três tipos é o pior.

Na nossa mesa outros se queixam:

— O governo agora está deixando as pessoas de tudo terem um pouco.

— Quero ver quando se acabarem as necessidades, quero ver como eles vão se virar.

— Sim, porque com o fim das necessidades vem a tristeza, disse Hana no ouvido de alguém.

Diante deles somos pobres, eles vivem em sonho, como ricos, como Tomás, sonhando em caçar alces e elefantes como os reis.

***

"Ora, Michi, começou como sempre começa. O impulso. Hana se orgulha de ter deixado os instintos agirem por ela. Eles marcam numa dessas casas reservadas com caras sisudas, de quem nunca sabemos quem é o dono, onde lá dentro tudo é impessoal, por mais que xeretemos gavetas e móveis, e é isso, ou foi mais ou menos assim."

"Entendo. Acontece dessa forma, mesmo, Élida. E você disse tudo. Somos os instintos que somos."

"Pelo menos isso."

***

Meia hora para ir ao banheiro e voltar de lá, pelo caminho em linha reta, depois de alguns champanhes um labirinto se decreta.

Quando volto, vejo Hana se entretendo com a sobremesa. Julie conversa com ela, mas Hana está com o pensamento longe, quase ausente.

Hana fala algo como dar amor e mais amor às pessoas, mas isso é parte de uma canção, não é a verdade. Infelizmente, o amor costuma causar mais maldições que bênçãos, e não desencaminhou somente Fedra: a coitada tanto sofreu por amor que nem nas entranhas dos sacrifícios apaziguava sua razão extraviada.

*

Vou lhe contar essa conversa esquisita, Hana, que aconteceu quando eu e Tomás estávamos naquilo, na *caçada*. Caçada é modo de falar. Os porcos estão amarrados. Só atiramos:

"Os animais são como a gente, Michi, se movem por desejo. Dê uma boa razão para os sentidos dos gatos se alterarem e vai ter a caça perfeita. Todo bom caçador entende isso."

"Um Freud dos gatos-do-mato", respondi, mas pensava mesmo na nossa vizinha Beth, que desejava imensamente o desejo, que lutava pelo eterno direito de continuar desejando e desejando.

Tomás deixou o último porco bem amarrado pela pata traseira à árvore e nos distanciamos deles.

"É que há um conjunto de coisas em que você precisa acreditar antes de sair com um rifle por aí. Talvez você devesse aprender algo com gente menos sofisticada do que eu, professor. Ou ficar em casa da próxima vez."

"Não se zangue, Tomás. Eu sei que não sei de nada. Fui da artilharia, nunca fui um caçador."

"É, nunca foi, então escute: talvez o desejo da raposa ou do gato-do-mato ou do porco altere as coisas que vê, ou simplesmente ver uma presa altere a realidade para ele."

As armas estavam sobre o capô da picape e Tomás terminava de limpar a pistola. Ele retirou o excesso de óleo de algumas partes e testou o cão. E continuou: "Talvez os bichos se iludam, e vejam miragens, como vemos. Mas tem algo mais: só uma coisa ele não pode confundir."

Tomás esperou por minha curiosidade:

"Diga."

"Que nós, os caçadores, somos a Realidade. Ele não tem direito a essa fantasia. O gato-do-mato sabe e leva isso cem por cento a sério. Todo animal que vacilou nesse ponto foi abatido. Conosco, é igual."

"Droga, Tomás, do que estamos falando afinal?"

"Do mesmo que você agora há pouco, Michi: estou falando da terrível vacilação que vem com o amor; das mulheres, meu amigo. Isso talvez abra sua cabeça-mole."

"As mulheres?"

"Qualquer contato com elas é muito. Qualquer contato com elas é pouco."

"Se decida."

"Não."

Somente Tomás atirou naquele sábado.

***

"E como ele a trata, Élida?

"Que Hana nem sonhe... mas no geral, a despreza."

***

Olhei para Hana no salão do restaurante. Teria se tornado uma pessoa infeliz? Hana tomou os últimos goles de licor no copo de Moisés e levou a cabeça inclinada para trás, para escorrerem as gotas do final e, ainda muito elétrica, ergueu o copo, o fundo para o teto, e fez a derradeira gotícula pingar sobre a língua, mas antes me pareceu primeiro a gota resistir como a estalactite de uma caverna.

Depois Hana lambeu as bordas do copo, e aqueles vermelhos do batom e do licor se uniram, e Moisés vibrou com aquilo, Hana cada vez mais parecida com a Emma Bovary que imaginava para si.

No copo diante de mim zumbia a mosca, entorpecida, ou melhor pudesse dizer: anestesiada pelo resto de licor, afogada no poço, ou já encrustada no fundo do vidro grosso, etérea, rósea, transparente. Olhei outra vez para Hana. Naquele momento seus olhos, sua boca, seu sorriso, seu rosto, tudo nele poderia estar dizendo 'sim' e 'não'. Era assustador: a fisionomia de Hana poderia estar falando qualquer coisa, sem dizer nada.

Estávamos todos felizes, era como a bebedeira clandestina durante a lei seca dos dias de eleição. Tempo de cada um sair do sofá e vir falar sobre sair do sofá; a vitória da velhice sobre a estatística, a solidariedade de amigos que se suportam por um dia apenas, uma roleta-russa quando olho os rostos ao longo da mesa e sei que se perguntam tanto quanto sonho:

"Quem estará no ano que vem?"

Ninguém nunca se cala:
Um bom cachorro custa dez mil. Mais é roubo. Se for branco, vinte, trinta. Menos é roubo também – segundo Julie.

Agora os preços estão subindo, lembrou Fred.

Tu desejas, ele deseja, nós compramos.

Onde está seu marido, Vanda? Explique para ele que podemos falar a mentira ou a verdade que quisermos: estamos bêbados.

Mas a verdade será habitualmente suspeita ou suspeitosa. Ninguém pode nos desmentir senão com outra mentira.

E mesmo assim só se tiver mais dinheiro do que nós.

Outro homem encheu o copo e falou:

Eu resolveria tudo em um só Golpe. Eis a questão: há gente desnecessária demais.

Ah, sim? E por onde começar?

Cortando na própria carne, respondeu ele, com o bife no ar. Basta votarem em mim. Resolverei esses problemas no primeiro dia.

Hana fala comigo e temos de ir embora.

Você está bem, querido?
Sim, e você?
Cansei deles. Cansei de tudo. Nos tire daqui.
Sim. Vamos. Será terrível ter de topar com eles mais tarde, no teatro.
Você está pálido. Você está bem?
Sim. O barulho me deixa confuso, você sabe.
Eu sei.

Não era somente por causa disso. Além do escorpião que ia me comendo o fígado, alguns insetos povoavam a minha memória, de algo que acontecera anos antes, naquele restaurante. O protagonista estava ali, bem ao nosso lado. Filho do melhor amigo do capitão Rossini. Não é necessário sequer dizer o nome dele. Basta sublinhar as frases pejorativas contra negros, pobres e desfavorecidos que acabávamos de ouvir no restaurante Farsano.

O filho aperfeiçoou os valores de Natan (o amigo do capitão). O incidente ocorrera ali naquele mesmo salão, vários anos antes.

Já passava da meia-noite quando Natan Jr., bastante bêbado, chamou aos gritos a garçonete Karol, a mais querida do Farsano.

Karol não o ouviu. Embora aos gritos, ele falava de modo quase incompreensível. Havia um barulho de milhares de cigarras no bar. Ela estava concentrada servindo gin a outro cliente. E muito, muito cansada, trabalhando desde as oito da manhã.

Natan tinha pressa. Estava impaciente. Só os tolos – e os pobres – esperam. Ele se levantou:

— Macaca de merda, por que não serve logo o meu *Bourbon*?

— Mas, eu...

Não houve mais *mas mas*, porque ele quebrou uma cadeira na cabeça dela.

Ela se levantou, cambaleou até à cozinha, e disse aos colegas:

— Ai, que dor insuportável.

E caiu.

Foi levada à urgência do hospital de Cromane e não se levantou mais. Nem se levantou ninguém no restaurante para ajudá-la. Todos continuaram a rir e a contar piadas. E continuam.

O julgamento do crime mobilizou a cidade e a imprensa, pois se tratava do filho do homem mais rico de Cromane, que os chargistas mais ousados vinham chamando de O Homem de Cromagnon.

Os advogados dele argumentaram, com o apoio do testemunho de um médico, que diziam ter sido comprado pela família, que a garçonete morrera, é verdade, sofrera o ataque do cliente, é verdade, mas a morte se dera em decorrência de uma doença cerebral que já tinha e vinha se agravando em decorrência do estresse.

O juiz se convenceu de se tratar de um homicídio involuntário, e condenou o réu ao pagamento de cestas básicas aos pobres e uma multa equivalente a dois jantares. A história foi contada em verso em prosa, virou música, tema de filme, mas ninguém se lembra dela. Nem de Karol.

Saímos pela travessa. Dali do beco úmidimundo onde o Farsano joga o peixe podre, agora se podia ver o mundo. Rasgaram a cidade e o beco era a baía e a linha do horizonte. O sol bateu na nossa cara e demorou para nos encontrarmos nesse mundo novo que é a decepção, um tipo de frustração para o alto, ou a sensação de sermos ingênuos demais ou de estarmos de volta a algum paraíso. Vesti os óculos escuros e deixei o calor me ressuscitar devagar.

Eles fizeram bom trabalho, aqui. Michi. Deve ter custado uma fortuna. Você sente o mesmo que eu, esse sentimento de traição?

Eu estava pensando nisso, Hana. Não sabia dizer com exatidão.

Que espetáculo. Que espetáculo.

As conversas no almoço me deixaram mareado e melancólico. O champanhe, não. O vinho, não. Mas o exibicionismo do vinho e da comida. As moscas.

Hana via o céu, o mar, o horizonte; eu ainda procurava a travessa, para além dos meus sentidos.

Depois vi a baía e os barcos formando um cardume branco lá longe, os mastros de metal abrindo uma escrita de reflexos nos prédios. Sentia-se o cheiro do peixe fresco, do cais e, mais perto de nós, os casais estavam se beijando. Estavam numa pintura, também, como o fantástico quadro que é Amaravati à distância.

Hana olhou para eles sentada na mureta, de costas para a beleza, e diante de mim.

Você faz mesmo questão de irmos ao teatro? Podíamos andar um pouco e voltar para casa.

E você se sente bem?

Me sinto ótima. Por favor, meu bem, não quero parecer por um segundo que não estou feliz. O almoço me deixou pensativa, só isso. Temos tão pouco, não é verdade? Vê-los mais tarde será outro suplício. Você viu como a Vanda e o Roberval, e todos eles, enricaram?

Podíamos ver se há menos mar e mais sorvetes em Cromane. Que tal? Doces vão lhe deixar mais animada e, além disso, são três da tarde, não precisamos decidir tudo agora.

Passamos diante de um prédio esquecido, que sabe menos a pátina do tempo que àquele ranço tão fácil de definir das ruínas. E me lembrei de ter ouvido já não sei em que momento o orgulho do dono, o barão Roosevelt, me dizendo:

Tenho milhares de garimpeiros trabalhando para mim. Saem de casa com esperança todos os dias. Voltam com a poeira nas roupas. Lavam as vestes procurando o mínimo vestígio de ouro. Um deles tinha sete anos quando começou a fuçar a lama. Quando comprei o garimpo ele veio junto. Hoje tem sete vezes sete. Vendi aquele garimpo. Mas fiquei com o operário. De recordação. Lidar com pedras deixa a gente às vezes um moleirão.

Roosevelt gosta da ideia de ter o destino das pessoas em suas mãos. Fez dessa ideia seu próprio destino.

Pior situação talvez do que a dos garimpeiros talvez seja a dos empregados pelos garimpeiros, os sub-trabalhadores. Não sei se em algum momento ficaram atentos ao conselho de Tomás, para quem enquanto os sindicatos estiverem ligados a partidos, a causa do trabalhador fracassará.

Talvez não tenham tirado a venda dos olhos e morrido de trabalhar. Quase invoquei o autor antigo que louvou a justiça das ruínas que promovem a irônica igualdade de confundir as relíquias dos reis com a do último escravo.

Vermes por vermes, melhor seria me esquecer de Roosevelt e me concentrar nos operários mais produtivos das ruínas que habitam nos cemitérios, sob folhas patinando na face dos túmulos, nas raízes vicejantes, nas folhas delicadas e suaves de aromas se alimentando do lodo, aquilo tudo me faz lembrar de assuntos incontornáveis, o sonho de uma felicidade subterrânea.

Não podemos ir a todos os cafés e todos os bares, como você quer, Hana. Não chegaremos a tempo ao teatro.

Chegaremos, sim, Michi. Não seja bobo: o teatro nos uniu, e não os cafés e os bares. Lembra-se? A felicidade era lhe encontrar a cada noite, Michi, meu querido, e depois de tanto pano cair, tanta cortina fechar e abrir. Deus só será justo se me arrancar da Terra um segundo antes do que a você.

Nada. Ele perguntaria a mim por você ou a você por mim e me obrigaria a vir lhe buscar antes de nos acordarmos.

Ela voltou a me olhar e não sabia se desdenhava de mim ou de Deus.

Resolvi aceitar a sugestão de Hana e perambular sozinho pela cidade, antes da hora do teatro:

Há uma cartomante numa dessas ruas, se me lembro. Me fará bem uma consulta com ela. Quanto a você, cuide de não se perder.

Vou só a lugares conhecidos.

Estou brincando. Você é livre, Michi. Vá aonde quiser. Se você tiver dinheiro.

Ela seguiu em frente na direção da alameda são Zacarias, onde estavam todos os músicos, os comediantes de rua, os animais treinados, mágicos, imitadores, acrobatas, atletas, punguistas, celebridades palestrando ao ar livre, operários de circo e, talvez, cartomantes.

Eu entrei pela galeria onde estão os cafés dos ricaços filantrópicos de Cromane: esse gosto acrescentado do burguês pela gastronomia, pelo vinho e pelos prazeres de modo geral têm formado as mentes cínicas e estúpidas nos cafés, o coração de uma sociedade cada vez mais pedante e perigosa.

Você implica com a bondade das pessoas, Michi, diz Hana.

*

Não é verdade, sou solidário, ou a verdade é que não ligo. A quanto tempo foi isso? De onde vem essa lembrança no tempo?, quando imaginei ou sonhei, ou sonhei por ela, ou ela mesma se sonhou no píer com o amante, inaugurando uma nova humanidade sob as estrelas, Hana cantando suas canções partidas e surrupiadas do inglês, talvez ela pudesse voltar aos Estados Unidos, como naquela única vez aos quinze anos, mas agora com ele, o encanto decadente das aventuras, a vidaamormorte essa eterna meleca romântica se derretendo como o gesso, mas como recuperar a vida?, enfim-enfim: os amantes presos numa pastada tristonha, Giacomo com as mãos atrofiadas sob a manta xadrez.

Fui solidário, quando ela mesma havia desistido. Seu manual de autoajuda dizia para não revidar as porradas, a vida faria isso por ela, em algum lugar aqui se paga. "Se o erro não é seu, relaxe", ela dizia, sumítica, quando tudo era com os outros, mas quando todo aquele céu de estrelas sumiu do alcance de nossa varanda e até o calor de dia ou o frio à noite ganhava qualidades esotéricas, tudo mudou.

Peguei o ônibus e havia uma festa de formatura ali dentro. Os jovens fariam um tour pela cidade bebendo e dançando e criando algazarras. Estranhamente, o ônibus ia passando por todos esses lugares que antes frequentei em Cromane: os bares junto da reitoria, a praça sempre de inverno, com o eucalipto de concreto ao centro, os jardins de Niemeyer abandonados, as ruas já em estado de fotografia, os galpões antes cinemas, depois supermercados, depois superigrejas e agora faculdades de superricos.

Alcançamos o colégio dos padres, e nessa hora a moça me ofereceu um trago de maconha e aceitei, enquanto ela se beijava com seu rapaz no banco da frente. Me deixe completar o quadro: ela era uma flor branquíssima, de ipê, dessas saborosas nas saladas ou recheio de pastéis.

Eu me sentia em um jardim das delícias particular: a gozosa Beth, do prazer pelo prazer, com gosto das geleias feitas da flor dente-de-leão, e gestos de falso sol. Brigite tem a suculência das verdadeiras violetas, mas temperada com broto de hibisco, de onde vem seu azedume, sua falta de fé, sobretudo nas culinárias. Porém, há nisso um triunfo incomparável: naquela época o corpo de Brigite era um turíbulo de perfumes secretos. Mas tudo se resume àquela boca linda de se beijar ainda.

Dou outro trago e o sabor de algumas gardênias do passado ressecam minha garganta e penso em outras flores, Élida lembra o gosto das saladas de alfazemas, Amara as acácias brancas que não dão bom azeite, nossas mães as rosas, mas todas as rosas são comestíveis. Hana, não. Hana tem o sabor de estrelas.

Um quilômetro depois, eles desceram em frente ao Ax Hotel, onde morei em tempos de pindaíba, e por onde passo com o rosto virado, mesmo protegido pelo vidro fumê do carro; e sei de dever diárias ali ainda, contudo entre ontem e hoje há a intransponível floresta sob a fumaça, não mais o fogo, somente a neblina, e acordo assustado de vez em quando, com medo de me encontrarem e me torturarem por cada vergonha financeira minha em Cromane. Mas o Ax não parece mais o hotel de penúrias — agora todo vestido de espelhos, de flâmulas onde se lê *"budget"* ou a "felicidade a baixo orçamento."

Entretanto, nem toda maquiagem do mundo fará desaparecer do quarto duas almas: eu e Brigite naquela primeira noite. Se me visse agora, Brigite pediria para eu me calar. Quando tivermos morrido, todos os lugares onde estivemos terão nossas pegadas, mas não importa porque deixamos de existir e seremos essas manchas.

Daqui olho as janelas todas iguais do Ax Hotel, qualquer uma pode ser a daquele quarto e todos os quartos ali têm duzentos anos. Ali convivem ao mesmo tempo todos os hóspedes desses dois séculos, inclusive eu e Brigite, e estavam lá naquela noite olhando para nossas bundas nuas e sorrindo de nossas ilusões. Agora somos também as pessoas demolidas, as casas que desaparecem.

O ônibus passou por uns dez ou quinze lugares mais, e eu estava entorpecido de lembranças fumarentas e inúteis. Quando passamos pela avenida das Mangueiras, no cemitério velho, era como se aquela conversa com Hana estivesse acontecendo naquela mesma hora. Estávamos na sala e eu falava outra vez de sonhos com mortos, ou como por último meus sonhos só eram com gente.

Não é para menos, Michi. Estamos cercados de mortos dentro e fora de Amaravati. A quantos enterros de amigos nossos fomos nesses últimos cinco anos? Uns vinte? Uns trinta?

Seus amigos morrem mais.

Responda: uns trinta?

Por aí.

Chegará um tempo em que serão 52 por ano, Michi? Um por semana?

Não exagere.

Um por dia. Talvez um por hora.

Melodrama.

Mas é muita morte, Michi. Muita. Semana passada aquele seu amigo: adorava falar nos funerais: agora está morto.

O Cristóvão.

Sim, o Cristóvão. E qual era o assunto no seu funeral?

Hana perguntou e ela mesma respondeu:

Que era um excelente orador: em funerais. Passava mais tempo nas capelas mortuárias e nos crematórios que em casa.

Você exagera. Parece até que somos os únicos sobreviventes.

E somos.

Ah, não exagere. Olhe em volta. Há a vida.

Daí a pouco seremos nós aqueles, da hora.

Mortos entre os mortos. Morrem os mais velhos e os mais novos que nós. Há mortos por todo lado.

Os mais novos morrem mais, atualmente.

Poder ser, Michi. Você não está me levando a sério, de novo.

Estou tentando não ser tão negativo, Hana. Estava tentando me lembrar de alguns rostos. Você não sente medo?

Da morte? Não. Sinto ódio por ela. Como uma mulher odeia outra mulher. Por isso, se sonho com gente morta, tenho raiva o dia inteiro, perco o dia, tenho prisão de ventre por uma semana.

Hana estava certa em vários pontos. Eu não queria me vangloriar de nada. Embora não tenha ficado exatamente triste quando soube da doença do Giacomo. Tudo começou com um problema no olho, e no mês de agosto, e por uma dessas ironias do destino, começou pelo olho, como tempos antes acontecera com o pintor Fernanflor, com praticamente a mesma idade dele. Entre os papéis velhos que guardo dos tempos dos barões, está o relato médico que atendeu o pintor quando ele contava 34 anos.

O incômodo havia começado no outono do ano anterior, e com uma estranha perturbação na vista: quando Fernanflor se encontrava em qualquer lugar que estivesse escuro, via diante de si chispas vermelhas e azuis, que flutuavam no ar, ou formavam como uma barreira opaca, como um abismo que lhe impedia caminhar, e oprimia todos os sentimentos, a ponto de paralisá-lo.

Muitas vezes ele se surpreendia até parar-se de repente, com medo de chocar-se contra uma parede, um muro invisível para os outros e totalmente visível para ele. Era tudo muito real, com aquele tipo de realidade-consciência dos bêbados, e tanto maior era a intensidade quanto menos álcool ele ingerisse. Em suma, dois litros de água por dia não tornavam a situação melhor.

Depois de sentir o impacto da angústia daqueles vermelhos e azuis, ele refletia por um duro instante e a realidade voltava com toda força: as faíscas, as bolas, os obstáculos, desapareciam como os fantasmas. Essas aparições ou alucinações não duraram muito. Mas a situação do pintor não melhorou um mês depois de cessar o incômodo. No verão já não conseguia trabalhar. Olhava para a tela, e um fenômeno novo acontecia: a tela desaparecia.

Não, não estava cego. Via tudo, e via até mais do que os demais. Mas alguns objetos simplesmente desapareciam diante dele, e a tela onde pintava era um desses. Mas se olhava de lado, conseguia ver. Pior a situação no olho esquerdo. Às vezes os objetos apareciam incompletos, aos pedaços, ou, se houvesse duas bananas em cima da mesa, como numa natureza morta, só conseguia enxergar uma delas. Isso não afetava a consciência de si nem a visão de outras pessoas. O problema mesmo era com os objetos.

Antes de visitar o oculista de quem li o relato, o pintor consultou o mais famoso do país, que não viu nada de mais no seu problema, e receitou uns banhos mornos, algumas compressas, bom regime alimentar e repouso. Quinze banhos foram suficientes para Fernanflor notar que encontrara alívio, mas não cura. Sua pupila se movia com a agilidade de antes, o cristalino estava límpido e voltara a dormir calma e longamente. Nenhuma dor, nem aquela das hemorroidas que costumavam não deixá-lo em paz; e também parou o suor nos pés. Enfim, parecia a mais saudável das criaturas.

***

A ideia da morte de Giacomo à prestação... Os seres humanos são como certos tipos de madeira, que se arruínam por dentro. E na eternidade daqueles dois anos, ela afundou e afundou mais em um mundo onde nada era sólido, líquido nem gasoso, um reino que era um plasma, intocável e fulminante como a massa de um raio, Hana, pobre dela, seu teatro estava sendo consumido por folhas de fogo.

Não sei se via uma rival em Úrsula, a esposa de Giacomo. Não fazia diferença o que pensasse ou o que sentisse, ela estava perdida. De repente, encantou-se por um mundo onde demônios lhe ofereciam livros para ler, um paraíso escuro, de mulheres perseguidas, sonhando com envenenamentos, reféns em quartos solitários, florestas tenebrosas, choros, orgulhos destruídos, arquejando, beijando homens plenos, pedindo que fiquem um minuto mais, dançando para eles e tentando derrubá-los do alto dos seus desejos, onde seus corpos nus só tinham uma função: obedecê-los sem parar; ou consolá-los como bebês eternos em suas fraquezas, seus lares arruinados, suas mentiras tão verdadeiras que se era capaz de tocá-las com os dedos.

Ou eu implico com a bondade das pessoas?

Essa lembrança pede completar a história. Detestamos esses casaizinhos nos quais ela busca a infidelidade por conta de ele ter sido infiel. Isso faz parte de um tipo de amor infantil, nutrido no ciúme. Mas uma coisa é um caso, outra é se machucar numa aventura apaixonada. Também não se pode ser tão frio quanto Beth e o marido, por exemplo, apóstolos pregando por aí a beatitude de ser traído sem ódios e sem quebrar pratos e sem invadir correspondências e devastar gavetas e sem incendiar casas, mesmo quando não há nada mais a esconder um do outro, e tristemente transar como reza o manual sanitário de Cromane: enviar exames médicos um para o email do outro antes e após cada *temporada*. Não.

***

Desci do ônibus.

Ao descer, meu pé tocava outra Cromane. A poeira do gesso abria cortinas e as pessoas do outro lado tentavam se livrar do pó, queimando algum fogo invisível. Eu caminhava por ruínas nas quais um dos lados era a noite como o lodo em uma das faces de uma árvore.

O homem passou cobrindo o rosto com o jornal enfronhado entre as mãos e o nariz-boca. A mulher corria com os olhos submersos em gás e lágrimas, e escapou do carro somente porque todos estavam parando como podiam, ou barrados pela densidade do ar, tesos pelo medo, ou enfiados nos flocos do nevoeiro, ou nas traseiras uns dos outros.

Havia muito esgar de ferro contra ferro, de ossos contra concreto. Mais fumaça e mais névoa, e as pessoas correndo projetam sombras assustadas na fumaça. Isso era Cromane agora, até tocarem todas as sirenes, estavam vindo todos para cá, mas não passariam, os ônibus estavam impedindo de saírem os outros carros.

A gente saltava deles ainda em movimento, mas para a escuridão, ou voavam para fora depois da colisão, e se arrastavam como podiam para a calçada, algumas enlaçadas pelos fios de alta voltagem se erguendo do asfalto. E se pisoteavam na saída da galeria, pessoas corriam de dentro do café, contra muitas a se protegerem lá dentro, não entrem, gritavam, explodiu uma bomba aqui dentro.

Há gente morta como naquela vez em que o teatro estava em chamas, mas as de fora berravam, não, não saiam, o ataque foi na torre, se pudéssemos ver um palmo a frente, não a veríamos mais, estão todos sob os ferros, haveria ali um grande pôr do sol agora, se pudéssemos, mas não podemos, nada se pode mais, o homem mais velho gritava: pisotear os mortos e caluniar os vivos, ou o contrário, estamos mortos?

Estamos vivos? A quem caluniamos? A quem pisoteamos? ouvi lamentarem enquanto corria até a esquina, de fato caíam grandes blocos de concreto lá na frente, uma mulher gritando por um João, João, João.

Fiquei sem saber se o pai, o marido, esse João sem feições, talvez um João filho do delírio do seu desespero do seu terror, do seu mas sua boca se calaria logo-logo pela fumaça ou era o pó do gesso, ou o pó químico dos extintores das viaturas a cem metros.

Tudo despencava, os barulhos quebravam janelas a quilômetros dali, talvez, sangue naquelas estátuas brancas de dor para a qual eu não podia fazer nada senão fugir ou virar pedra e cinza depois.

O pai e os dois filhos estão cobertos por aquela poeira branca. Contorcem-se para tentar se libertar daquela serpente de alta voltagem que são os cabos de eletricidade germinando do subsolo. O pai está ali ao centro, a perna esquerda um pouco dobrada suporta os choques, enquanto ele tenta sem forças se levantar e livrar-se da víbora.

Ele descamba para a direita, eu o vejo daqui somos eu ele indefesos e inúteis. Tem a barba longa e se mistura aos cabelos. É um rosto retesado e os músculos são de um homem acostumado com o trabalho duro. Isso se nota fácil: há convicção em cada movimento. Ele e os rapazes não têm escapatória, mas não sabem disso ainda. Se fosse pela TV se trataria de uma dança dramática.

As pessoas talvez vejam o que vejo pela internet, mas não serão capazes de ver como ele parece suportar a dor e o sofrimento e a raiva naquele momento. Ele força o braço esquerdo para baixo, segurando os cabos.

O outro braço se esforça para cima, o cotovelo aponta para o alto, o antebraço agora tenta esconder a face, e ele sangra na altura do pulso, porque os choques deceparam sua mão. Contudo, ele não grita, não lamenta, não sussurra. A boca está à espera de um milagre. Somente a testa aparenta um mar revolto, mas a brancura me impede de adivinhar o terror nos seus olhos porque as pupilas estão cobertas por aquele morbo que é aquela nébula. Sua dor é toda no espírito, pensei, fora do corpo.

O homem está lutando agora pelos filhos como um filósofo pela verdade. Aquele ao lado direito, a eletricidade o lança para trás, para frente, de novo para trás, como a vítima do tétano, e ele só não cai por causa dos grossos cabos serem braços dispostos a torturá-lo ainda mais, agarrando-lhe pelo joelho e unindo-o à perna direita do pai.

A cobra avança para o alto e quanto mais eles se movam, mais a serpente se enrosca no corpo desse pobre rapaz, e é inútil ele afastá-la com a mão esquerda, porque a mão do garoto também foi decepada, e a cobra se enfia por onde pode, e já quebrou o seu braço direito, embora os bíceps ainda resistam.

É um rapaz sem barbas, mas o desenho do nariz e da boca não deixa dúvida de ser filho de quem é. Os cabelos são longos e em caracol. Deve ajudar o pai no trabalho, seu peitoral se inicia nisso de explodir em força e músculo e tensão da ossatura dos jovens.

Seu irmão está à esquerda, de pé, curvado, sustentando-se numa única perna. A outra perna está dobrada e parece ter sido ele a ter mais êxito a fugir, por enquanto. Mas também não fugiria, se pudesse. Livre, tenho certeza de que se lançaria de novo em auxílio do mano e do pai. Mas está preso. Ele usa muita força para desenroscar o tornozelo com o braço esquerdo.

O outro braço tem menos apoio, tão afastado do tronco. Não que haja desistido, mas age como um lutador de jiu-jitsu, imóvel por um tempo, para buscar outra posição e novo impulso no corpo do adversário, para fugir do abraço terrível. Também tem cortes no pulso, onde as chicotadas passeiam e deixam um rastro vermelho logo encoberto pelo pó branco. Este rapaz é mais velho que o irmão. Movimenta-se como o pai, esperneia como o pai, busca entender tudo aquilo, ou imitá-lo mais do que na vida até ali, na morte. Nada fará seus olhos se moverem. Está hipnotizado pelo horror no rosto do pai. Seu dorso se pronuncia para frente.

Tudo é tensão. Há a eletricidade que mata, e a que os mantém vivos, uma eletricidade particular, deles, nossa, que sem ela ninguém estaria vivo. O rapaz mais velho tenta compreender os sentimentos do pai antes dessa morte. Por que temos de entender tudo? Acredita talvez que esse sofrimento o possa transformar imediatamente em um novo homem e mais imediatamente ainda em um não-homem, eletrocutado? Morto?

Mas nada nesse panorama é mais vivo que os cabos, a eletricidade, a serpente. Aliás, são duas agora, cabos unem fios num único feixe, e se rompem e cada extremidade é uma boca que chispa.

Sinuosos, irregulares, mas com algum raciocínio, elas relampejam, se contorcem, vibram, zunem, mordem, se enroscam no animal de seis pernas que é os rapazes e o pai. O golpe final talvez seja aquele, ela se enrosca no dorso do pai e vai lhe morder bem no coração.

"João." Ouvi de novo a mulher gritar. E depois as explosões promoveram um longo silêncio.

Mais para o norte, outro homem andava enquanto olhava para o alto como um budista se budistas usassem terno e gravata e valise e chorassem, mas logo desapareceu entre as sombras brancas. Apareceram os policiais, das lanchas, do rio, do céu, do subsolo, dos metrôs, todos sob aquela terrífica escuridão do mármore, e os paramédicos, os padres, mas eram poucos e éramos muitos.

Sentei-me ou caí enfim, e não poderia ser que tudo para mim terminasse, não pare por nada, senhor, levante-se daí e corra, mas para onde, policial, para qualquer lado, Michi, mas não pare, corra para fora desse pesadelo, o senhor está falando das torres caindo, da lanchonete e a bomba e os terroristas, não, o senhor me chamou pelo nome, policial, sim, chamei, Michi, de onde nos conhecemos, ele simplesmente disse, fuja desse inferno antes que, Michi.

O senhor está bem, quis saber com profundo interesse a moça ainda agarrada ao seu rapaz.

Eu disse sim, é que às vezes fico tonto, há muita gente.

O medo-pânico, sei como é, meu pai sofre disso há séculos e não sai do quarto, ou se sai dali é se arrastando, ele vive ou sonha que vive caindo de prédios muito altos, esse sofrimento não tem cura, lamento pelo senhor.

Não, não é o medo-pânico, não respondi. Não sofro dessas tolices. É somente o mundo. O mundo está o tempo todo desmoronando, as torres o tempo todo caindo como cai um setembro após outro setembro, os cafés estão todos em chamas. Medo? É preciso ter. Só não se pode ter medo de ter medo. Sem esse medo morremos antes de morrer.

Entendo o que o senhor não diz. O senhor leva as coisas a sério demais. Relaxe. Fume mais conosco.

Desci do ônibus.

A sensação é de estar preso nesse loop.

***

O teatro era às oito, tiraram o relógio da torre e agora há uma mulher tomando refrigerante no cume. Há muitos anúncios de publicidade nas fachadas dos prédios. Todas as pessoas nos anúncios publicitários estão mortas, embora barulhentas e felizes. Nisso se igualam aos cidadãos aqui embaixo. Muito tempo antes dessa decadência, Cromane era exemplo de ordem e limpeza.

A cidade era governada por decuriões, juízes e comissários. Os funcionários mais graduados eram chamados de decenários. Qualquer um deles podia entrar na casa de quem quisesse a qualquer hora do dia para observar se os pais estavam educando bem seus filhos e se cumpriam com suas demais obrigações, e se não deviam impostos. Se os filhos eram obedientes, se a mulher era ordeira e dócil e trabalhadora.

Essa polícia das famílias funcionava muito bem, dizem. Não se deixava passar falta, mas não se condenava ninguém sem prova. Exemplos das penas: no caso dos filhos, era proporcional à idade, à gravidade do delito. Se no caso deste último fosse comprovada a culpa, o pai era acusado e condenado no lugar do filho.

Em geral os crimes eram punidos com a morte, de maneira a não incentivar nenhum tipo de delito nem desordem. Chamava-se a isto cortar o mal pela raiz.

Cromane é a Cidade do *mise-en-scène*, esse reino perdido cheio de reis e rainhas, de imperatrizes e imperadores, viscondes e falsos modestos, aduladores, malandros e abusadores, de barões a barrões. Sua gente miserável é a mais miserável e a menos inocente do país.

Os pedintes em Cromane têm a mesma índole dos baronetes. Vêm buscar o que é seu, todos os dias, e vão levar algo, ninguém os impedirá. Mas a gente que se remorde enfurecida de fome nas ruas não é a pior. Os patrões e patroas; nesses não o maléfico hábito da fome, mas a cobiça sem freios é que lhes deforma as ideias, entorta sua boca e embota a sensibilidade: quanto mais o estômago cheio, mais prazerosamente vazio o poço da alma. Pobres e remediados estão sempre se vingando um do outro nas ruas ou dentro de casa.

A cada feriado desses, o Rotary e o Lions e a maçonaria de Cromane promovem filantropia apadrinhando o Concurso do Homem mais Faminto do Mundo. Caravanas de miseráveis aparecem por lá com os intestinos roncando e se remoendo, já sofrendo das dores mais agudas. Quem já viveu nas ruas os nos piores internatos sabe como são: o corpo experimenta frios e calores ao mesmo tempo.

As torturas do estômago: punhais estão o tempo todo se enfiando primeiro na barriga, depois no corpo inteiro. Os desmaios voltam e vêm e nos damos por satisfeitos comendo o reboco das paredes, até não sentirmos nada mais e perdermos a capacidade de vermos as cores da paisagem e nem temos mais vontade de chorar ou de seguir, porque perdemos essa faculdade, dos sentimentos, quando o oco aumenta ao grau mais profundo.

Os patrões de Cromane se divertem às cacarejadas e se emocionam e choram de comoção vendo a rafameia comer primeiro as solas dos sapatos, a chorar e sorrir de si mesmos, de felicidade, como o último vencedor, o magérrimo senhor Jacob, sempre morto de fome, que comeu quatro bois, e não ficou saciado, e perguntou aos outros, entre desolado e desafiador:

"Quem pode comer tanto assim?"

Pouco depois de dizer isso, ele expirou, e os maqueiros da ambulância disseram:

"Vejam sua expressão! Vejam como está feliz!"

A mesma expressão estava no rosto do senhor Perrucci. Me lembrei dele porque cruzei a larga calçada da estação e alcancei o jardim do hospital.

Preciso me lembrar de contar a Hana sobre minha visita a ele. Perrucci estava há tanto tempo no hospital que em Amaravati esquecemos completamente dele e do mal que nos fez.

Há esses, como ele, e como a dulcíssima Suzana Kane, no outro bloco, que fazem uma escala entre Amaravati e o cemitério: no hospital de Santa Bárbara. Apesar da má sorte da doença, Perrucci tem a boa sorte de contar com Dorothy, a esposa. Nenhuma enfermeira pode ser mais dedicada. Não parece um anjo, é um anjo. Quando entrei no quarto, ele dormia, e Dorothy estava ao seu lado.

Melhorou?, perguntei.

Piorar será impossível, melhorar também, ela me respondeu misteriosa como um oráculo grego ou chinês, dos antigos.

O que houve?

Precisava de mais oxigênio, e eu dei o máximo que pude, muito lentamente, com a seringa, em suas veias.

O que você fez?

Não o matei. Levo a sério os mandamentos. Fiz o bem que estava mais próximo. O que eu gostaria que ele fizesse a mim se eu estivesse na mesma condição. Ele queria uma morte digna e me havia pedido isso há meses. Tudo muito suave, sem dor nem culpa. Perfumado, como desejava.

Que horas?, perguntei a Dorothy.

Agora há pouco.

Digo: que horas são, agora?

Ah, sim, desculpe-me. Ela olhou no relógio de pulso de Perrucci. Quatro horas. Seria a hora dos remédios.

Ela sentou-se na cadeira ao lado da cama e cobriu o rosto com uma toalha. Despedi-me deles.

Reconheço Filipe Cesário, diretor do Hospital de Cromane, e o médico Ivan Gíbner.

Eles acenam para mim. Aceno para Felipe mas suas imagens parecem aquelas das teleconferências. Felipe defende uma ideia que tem muito minha simpatia: escrever na cama em latim o nome da doença e a data em que o paciente contraiu aquela enfermidade. E esta outra: os hospitais só devem usar remédios baratos e naturais. Sobretudo mezinhas que deixem a natureza fazer seu trabalho.

Sem ser fatalista, cabe simplificar as coisas: se a cura é inevitável, acontecerá, e se a morte já está na porta, que se deixe entrar. Ele estava comentando sobre um amigo que acreditava na geologia como uma religião:

Na nossa ciência, acreditamos que os terremotos e maremotos são formas de a natureza corrigir alguns erros.

Na nossa – falou o Dr. Ivan – são os abortos.

Isso me lembra o Dr. Alberto, meu urologista, que anda empenhado numa nova anatomia, eu digo para eles:

— Dr. Alberto, como se chama o freio que há no prepúcio?

— Moral.

— E o esmegma?

— Religião.

— E os testículos?

— Testículos.

— E a glande?

— Deus.

Eles riram. Eu não era médico, não posso simplesmente ficar de risada com eles. Soa falso.

*

A mulher diante do semáforo não tem pernas nem rosto, vive se compram seus panos de chão, se baixam o vidro, se abrem a carteira. Vive do seu suor, dos seus cotos sob a manta, se são mesmo cotos, se não andará sã e salva no fim do dia escolhendo o bife no cardápio dos restaurantes. Torço por ela, por suas pernas surgirem como raízes não para fincá-la, mas para ajudá-la tarântula a descer pela rua como eu.

A mulher me olhou e algo a fez emergir para uma consciência nova ou acordar-se de um sono e me assustou o fato de ela saber que eu a via e que não era somente uma pomba na calçada agora, e pensava nela e meu corpo gelou como se eu estivesse sido pego num delito grave.

Em Cromane as pessoas andam buscando epifanias. Epifanias, é de se acreditar nisso? Caminham ruminantes, às vezes aquele homem ali à frente para, é como o universo lhe banhasse com alguma lembrança luminosa. Daí ele passa alguns segundos certamente em outra realidade. Seus olhos veem as coisas como um gajeiro vê o novo mundo, depois ele segue alheio e asqueroso, e emerge em mim a ideia de atirar nele.

Meu médico deve estar certo: epifanias, *insigths*, *déjà vus* são coisas de epiléticos. Essa gente ricaça metida a europeia e que não vê seu mundo derretendo, essa gente está doente. Precisa de eletroencefalogramas, e não de poesia barata, disse o doutor Alberto.

As placas dos estabelecimentos são, nessa ordem: *cakes*, design de sobrancelhas, farmácia, farmácia, farmácia, clareamento de dentes, clareamento de ânus vizinho à pequena igreja, igreja, outra igreja, padaria, e agora a luminosa placa: "Epifania", do prédio com rosto de Michael Jackson.

Atravesso a rua.

Ao longe posso ver os faunos de pedra da praça dos Mártires. Estou com sede e sinto necessidade de andar mais rápido. O telefone toca e o rosto de Hana está vivo na tela. Ela sorri por dentro do vidro e me diz sobre alguém que acabara de ver, nosso amigo querido, um velho colega, ou alguém bastante parecido a ponto de Hana segui-lo um pouco, e o vejo pela câmera do celular de Hana. Não pode ser ele, teria de estar vinte anos mais novo.

Saltam o tempo todo esses rostos de ontem metidos na grande variedade da flora de hoje. Como aqueles animais no fundo do mar que nem sonhamos existirem. Os peixes com rosto de gente, os batráquios com cara de mulheres e corais homens tristes. Seres que diante da luz viram gás e morrem.

As ruas estão repletas dessa massa sulfúrica a se parecer tanto com a gente do passado, e não é ele. Atravessa na faixa eternamente atravessa e o rosto de Hana brilha agora na rua dos Holandeses. Diante dos bancos, dos malabaristas de calçada, eu posso vê-la daqui o rostinho tão exuberante, e agora ela me mostra pelo telefone seu caminho florido, a alameda, os jardins de conveniência vazios à frente dos restaurantes por onde passa.

Eu digo: ali está uma begônia, verifique se seu pano é de verdade, aproxime-se mais. Hana não me ouve. Ela quer me mostrar seu mundo longe de mim e aponta para cima e o sol de sua rua me encandeia e o sol da rua por onde passo, não. É a tarde tranquila, os rostos dessas pessoas apontam para qualquer catástrofe quando acordarem. Não agora. Há rostos com suor demais, rostos com suor de menos, todos sem sangue. Ou estamos dormindo, em casa, eu e Hana. Estamos em Amaravati, bem poderia ser, e me lembro da hora exata em que disse a mim mesmo sem paixões que não poderia mais viver desse jeito.

Desci beirando as casas de câmbio e a fileira dos bancos até a paisagem ir se tornando lodo. Era ainda a zona bem remediada de Cromane, mas onde se podia respirar longe dos bajuladores em balcões em que a cerveja custava duas moedas. Revi o néon do Casino Luna Beer.

Dois homens estão tomando a fresca e dividem o cigarro.

A palavra Casino quer dizer: aquele prédio vermelho-escuro, com feições tristes, como um prédio turco, de dois andares, como um morto carregando um vivo.

Por mais que se pinte, ano após ano, sua fachada de verde, azul, branco ou negro, o vermelho sempre ressurge, de dentro para fora dos rebocos. Estamos na esquina da chamada *Escalier du désir*, entre o rio Nkali e os trilhos, na região onde tudo parece muito tarde, mesmo nos dias de mais sol em Cromane.

A palavra Nkali. O nosso rio não é o Tejo, de onde os portugueses conquistaram o mundo, e viram depois nada disso ser *grandes coisas*, e que Portugal continuava como sempre fora.

Nosso rio também não é o Danúbio, onde navegaram os argonautas fugindo de monstros até a ilha de Circe, a partir de onde toda história humana é sangrenta. Nem tem nome dos rios verdes da Irlanda, nem dos rios românticos da Europa, os da França, o Sena; ou dos rios também de sangue da África, como o Nilo, tão rancoroso, ou o do Congo, ou aqueles que bem poderiam se chamar dilúvios, como o Amazonas, nem como o Hamza, o rio por baixo do rio.

Estar junto ao nosso rio é contemplar a insignificância. Contudo o Nkali não é um rio provinciano e singelo daquele tipo dos rios das aldeias, de se estar ao pé dele significar só se estar ao pé dele.

Sua água tem gosto de ferro quando desce das serras e gosto de sal e ferrugem quando atinge a cidade, e dizem os homens das salinas que retiram o sal do Nkali para o rio não estragar em sal muito sal o mar muito mar.

Assim o rio vai cingindo e se derramando e se vendendo e corrompendo todo afluente até o oceano, e se aproveita de cada minúsculo leito, cada fio de água dos pântanos, e de cada lama dos canais e abusa de tudo e enjoa e esperneia e grita e se enoja de toda forma como todo legítimo morador de Cromane.

Algum idiota certa vez esteve sentado sobre uma pedra, ali à margem, e lhe deu na veneta pronunciar: "Nkali."

E foi como uma palavra que cria uma cadeira, um jarro, um objeto, um bar como o Luna, esse rio, o tipo de coisa nascida dessa estupidez sempre graciosa e divinal: a fala dos talvez sem-maldade, dos imbecis *cem por cento*, diria Tomás.

Continuo descendo pela escadaria, troco de lado para me desviar dos dois homens fumando na calçada, e estou agora à porta do Luna Beer.

Dá para sentir o morbo das águas arroxeadas do Nkali, da química das fábricas, e o aroma de açúcar, melaço, café, do pinho, e de laranjas e goiabas e abacaxis ácidos que vem de detrás dos armazéns. Esses aromas, aliados ao som do piano que toca há décadas na vizinhança, e essa música nos faz salivar por alguma estranha razão, são o espírito vivo daquela região em torno do Luna.

A palavra Luna quer dizer: certo imigrante, boêmio, dos anos 70, um dândi que levava a sério a decadência e terminou morto em uma das suas mesas, falido e feliz. Ganhou uma estátua de papel maché na mesinha à entrada do banheiro dos homens, seu lugar preferido.

Ele nos permitia beber e fumar sem nos incomodarem muito, antigamente. Se antes dançarinas de *strip-tease* da casa com fonfons dos bicos do peito e sininhos presos ao tapa-sexo não garantiam nenhuma sensação, agora passam bem por invisíveis. Hoje a gerência é agressiva, mas encontro ânimo quase juvenil para rever as velhas ovelhas do Casino Luna Beer, quando vou por aquelas partes de Cromane.

Melhor perder tempo lá dentro do que em oráculos ou igrejas, e com a vantagem de o balcão também servir de confessionário das mágoas de muitos. Dizem que todos os pecados do mundo são lavados em pequenas ou grandes doses, isso serve para explicar a palavra *beer*. Os homens começaram a discutir alto, desceram pela rua em luta, um deles puxou uma faca, então um deles subiu.

Entrei. Olhei para o céu monótono e as grandes portas dos galpões fechados e somente depois entendi porque isso me fez pensar na triste Hana.

Um ano depois a vida dava outra volta para ela, e cobrava o que mais gosta de cobrar: a gravidade. Hana recebeu o email. Estava tão empolgada quanto naquele tempo em que pedira para contarem seus dias na Receita, e entrou com o pedido de aposentadoria, para dar de qualquer maneira a vida contável e contábil por encerrada, mesmo ganhando menos com a antecipação.

Estava entediada com a vida, antes. Li algumas frases em suas cadernetas, misturadas a letras de velhas canções em inglês:

"Meu coração ficou vazio mais uma vez";
"O céu é monótono como os dias em Amaravati, não trazem nada";
"Para todo lado, só portas fechadas."

Na mesa de jogo do bar reencontrei Éneas e Jean Carlos, dois velhos amigos. Jogam cartas. Enéas é invencível. Acabara de pagar as dívidas de um príncipe, que empenhara até o último centavo, ou melhor, até a pulseira e o lenço que recebera de presente de uma desconhecida num baile de máscaras. Jean Carlos continua a usar o mesmo lenço meio suspeito, meio gaúcho, no pescoço. Ri sozinho vendo as testas tensas deles, com mais punhais do que cérebros na vontade.

Estava tão entretido no jogo a ponto de nem ter notado a chegada de Salomão, sempre meio paranoico. Não sei o que estão tramando agora contra ele, ele que vive sob a sombra de ódios muito antigos. Acende o cigarro e também observa os jogadores. É mais gordo do que Enéas e Jean Carlos. A sorte foi boa e má com os três, penso, embora seja Enéas o mais hábil e romântico.

O que mais têm esses três em comum? A infelicidade no casamento. Estou sadicamente de acordo com minha advogada, minha amiga Cassandra, que ri olhando para nossa mesa, se aproxima, e entra na minha conversa com Salomão, Franco e aquele outro cara. Desde quando se entendeu de gente é contrária ao casamento, e jamais vai se casar. Salomão sempre esteve muito apaixonado por ela, e por outras mulheres dali e de alhures, a ponto de prometer a vida por um segundo com ela:

E por que, minha flor?

Porque o triste contentamento de um casal é muito curto, e logo se faz um purgatório. Além do mais, maridos podem ser divididos em poucas categorias, todas tacanhas e nada admiráveis: soberbos, chatos, galinhas, ciumentos, medrosos, violentos, suspeitos e covardes.

Minha cabeça estava em Cassandra, em Brigite, mas tudo girava em torno da lembrança de Hana.

Depois de alguns anos na pintura, estava entediada com a vida agora. No novo ânimo, sonhava poder assistir mais seu amante, viajar, talvez, quando enfim, o tal email a destruiu.

Era sobre a doença de Giacomo.

Essas coisas do amor, da tristeza, ninguém adoece sozinho, todos sofrem, todos pagam. É desse tempo os livros na estante irem perdendo camadas e ganhando notas de gosto amargas em finais que faziam Hana soluçar enquanto os lia de novo.

A conversa do homem com Franco aumentou um pouco mais a voltagem da mesa. João Franco eu conheço. Mas o outro, de frente a ele, não; se chama Otávio, ouvi falar dele, mas somente nos cumprimentamos, quando me sentei. É um tipo jovem, mas a barba é igual a daquele lenhador, Paulo, que iniciara a manhã de certo dia um dos mais ricos e mal chegara a tarde era o mais pobre, e fora condenado na noite do mesmo dia à morte pela corte de Cromane, por não pagar o uísque que bebera no balcão desse mesmo bar.

Esse Otávio, tenho dificuldades em lhe dar trinta, ou quarenta anos, ou considerá-lo alguém grã-fino e não somente *kitsch*. Tem o porte de ministro, a cabeça dois palmos distante do plexo. Talvez eu tenha visto nele a imponência fria dos *ombudsmen* dos noticiários, mas sua linguagem é clara. E pode não estar à altura de Franco, que é malabarista: quantas mais forem as garrafas de uísque mais invencível com as palavras se torna, porque inconsequente. Que diria qualquer um sobre Franco? Ladrão? Bêbado? Adúltero? Falsificador? Mentiroso? Perjuro? Guloso? Inescrupuloso? Do outro lado da mesa, Fernando, Jaci e Dalila concordam com todas essas interrogações. Salomão não conta: está ali, mas está mais para dentro do celular.

Aquela conversa começou a me cansar, e fui me divertir em outras mesas um pouco mais bêbadas.

Danilo Cals falava sobre um ruivo que não tinha olhos nem orelhas nem cabelo nem boca nem nariz nem braços nem pernas nem estômago nem costas nem espinha dorsal. Em suma, não tinha nada.

De quem falávamos? Mudamos de assunto, e cada qual vai contando suas façanhas ou de suas famílias, para isto servem tanto as conversas de bar quanto as de pescador. Nenhum de nós, porém, se vangloriou de ser mais valente do que o soldado Artótrogo, aquele que de um murro destroçou as coxas de um elefante na Índia, nem proclamou coragem, valentia e violência maior do que outro fanfarrão, seu colega, que num só dia matou cem em Miles Gloriosus, trinta em Sardes e sessenta na Macedônia. No total o brilhante soldado havia abatido sete mil.

Danilo Cals e Macário Lopes eram meus comparsas, no início, no quartel. Com o tempo, ficou difícil distinguir Macário quando ele quis afundar naquele matagal de quepes verdes e homens verdes, até sumir por completo no verdume para se transformar em um fuzil, uma arma com número de série, uma metralhadora indistinguível. Outra forma de desaparecer, a amálgama, a liga. Quando eu treinava com uma daquelas, quando corria ou rastejava, era Macário que eu carregava nos braços.

Danilo era um incapaz. Desses homens melodramáticos que quebram copos contra a parede se lhe falam em heroísmos, se querem lhe vender ousadias, se sacralizam a higiene. Fale de ética e moralidade e ele mostra a bunda. Por essa fatal pedagogia foi expulso. Ou talvez porque só entendesse o riso e a alegria, me lembro de o sargento dizer:

"Teria prosperado no quartel, não nos campos de batalha, mas nas guerras civis, nos golpes, gente alegre se dá bem nos momentos de ação como esses", falava dessas glórias o sargento.

Quanto a mim, desci do caminhão logo que pude. Servi no exército e andei perto de embarcar para o combate. Era uma guerra teatral. Sob um capacete azul, armado de fuzil automático que poderia atirar sem minha ajuda, quero dizer: o fuzil não precisava de mim para atirar com muito maior precisão.

Gostava da ideia. Gostava da canção: A vida de soldado é muito agradável/ Toda semana recebemos um soldo em dólares/ Só para ficar contemplando cidades arrasadas/ Riachos, pontes/ Campos em chamas, ruínas extraordinárias/ E para ficar passeando, passeando/ larali-laralá. Gostava da sensação de agir como um sonâmbulo e sair atirando no inimigo a mando de outras pessoas.

Porém, de última hora, alguém reembaralhou os nomes e fui parar na gloriosa fila do almoxarifado central. Eu não teria chances em nenhuma guerra de verdade, mas não sou um inválido, alto lá. Mesmo tanto tempo depois, aposto ser um atirador acima da média, Tomás poderia atestar isso, e desmonto uma arma como só se vê em filmes, mas a farda a me vestir melhor me deu o sargento-mestre de artilharia:

"Você é um doente, cabo Michi. Um homem doente das vontades."

Espere, Michi. Como se chamava esse cara? – perguntou Danilo.

Não me lembro. Me lembro da voz.

A voz por acaso não era a do sargento Ramon? Sim, com certeza foi o sargento Ramon, mestre de artilharia, claro, me lembro dele. Nunca fui tão abraçado pela minha mulher, em dezesseis anos de casamento, quanto fui pelo sargento Ramon no primeiro ano de quartel.

Pode ser, mas não importa, me deixe continuar. Todos já falaram.

Importa, sim – continuou Danilo. Importa, e muito. Não acredito nisso, Michi.

Não acredita nisso o quê?

De você ter deitado toda sua vida por causa dessas palavras. Alto-lá, cabo. Olhe para mim. Você saiu numa daquelas noites com o Ramon?

Claro que não.

Eu, sim. "Doente das vontades", aquele safado disse isso para mim e para metade da companhia que lhe deu um chute na bunda, Michi.

Não é verdade.

É a verdade.

Ah, não importa – respondi para ele. No meu caso, estava certo. Essas palavras me definem. E definem a muitos outros, inclusive alguns menos nobres do que eu, como era o capitão Rossini, que era totalmente abúlico e sem ânimo, e tudo nele, a começar pelo aspecto físico, era indigno de um capitão. Mas vou continuar: quando deveria dar graças a Deus por não me meterem uma bala no peito nalguma ronda, na fronteira, alguma merda me ocorreu e fiquei irritantemente indignado com tudo.

Doente das vontades? Isso é frescura – interviu, atrasado, Conrado, o tetra-bisneto do barão Laudino – Você poderia degolar meus três filhos na minha presença. Eu dormiria a noite seguinte como dormi ontem. Eu veria o sangue correr como nosso rio Nkali, os estertores, como se diz, da morte, mas nem perseguido a toda hora pelo diabo eu adoeceria de depressão, como vocês. Sou um homem saudável, minha vontade é de pedra, meu ânimo é invencível. Vivo como um rei e meu reino é a saúde.

Valber brindou com ele, mas cochichou, agora, comigo:

Não ligue para ele. É um comunista. Passou vinte anos preso. Não sabe que o mundo não mudou.

Não liguei. E continuei:

E o que acontece? Pedi baixa. E me enganchei com mulheres de ponta a outra do país, mantive romances de onde pilhei dinheiro o máximo que pude e, com esforço, montei um bar na costa. Nesse bar conheci Brigite, no ponto mais alto de sua forma feminina.

Antes de prosseguir, parei para pensar mais sobre ela. Depois desse tempo todo, Brigite era ainda a consolação que eu buscava e busco, algo a que me entregue e que seja mil vezes maior do que eu, onde eu enfim desapareça como Michi e reapareça fora de mim, da minha espécie, longe de tudo, como um cavalo que é ao mesmo tempo o cavaleiro e o pasto, enfim, onde eu diga: "Não tenha medo, Michi." E tudo se aquiete aqui dentro. Brigite é a beleza que persigo.

Continue, Michi.

E, sim, ela se apaixonou por mim. E foi ardentemente fiel a esse amor. Até o dinheiro acabar, eu falei, mas minhas lembranças eram mais nítidas a cada gole.

Ali, à entrada do cânion, onde as falésias cor-de-rosa lutam contra o mar indolente e verde do Sul, e sem entrar jamais na água para além da altura das canelas, estudei sozinho por dez anos, fiz mestrado e me tornei o professor mais bronzeado do país, mas já pintava o cabelo ou arrancava os pelos brancos dos mamilos.

Mostre para gente seus mamilos, Michi, brincou Jean Carlos.

Esquivei-me de sua mão.

Calado, me deixe terminar: acontece de sempre me parecer detestável deixar a vida nas mãos dos jogadores de cartas, e quis me manter uma jogada à frente: não permito interventores na minha vida. Na verdade, não gosto do jogo. Nisso não faço concessões.

Não quero alterar a vida de ninguém com uma bala nem com uma palavra e, se abandonei alguéns na estrada, foi porque começava a me tornar imprescindível para cada uma delas. Dar sentido às suas vidas com sexo – foi o que tentei. Detalhe:

quando alguma me dizia: "Eu não consigo ver outro homem além de você. Mesmo de olhos fechados, vejo você entrando e saindo." Eu descobria a porta e não entrava mais por ali.

Você não entendeu a frase, Michi, disse Danilo. Não se tratava de lhe ver com os olhos fechados. Ela estava dizendo: "Mesmo com outros homens, é você quem vejo."

Sim, não sei qual panorama é o pior. De todo modo, não passa por minha cabeça o que sonha a cabeça de ninguém.

Isso às vezes acontece comigo, Michi. Você tem toda razão, aceitou Danilo. Sei mais ou menos o resto. Respeito como você enfrentou tudo isso. Conte o resto para nós. Escutem isso, todos.

Eu passara da terceira dose: me controlava:

Bem, lá estava eu, sozinho, olhando o mar azul, detestando a garotada, sem me consentir qualquer pensamento sobre o futuro – e pensei: a felicidade deve ser isto: não desejar o futuro.

Que beleza – disse Danilo.

Não, amigos. Eu estava enganado. Aos 27 anos se pode andar por aí, enlouquecer com bebedeiras, olhar a vida sem nenhuma gravidade, viver contra tudo e por qualquer coisa. Naquela idade. Dez anos a mais, não. Perto dos quarenta, eu havia me filiado a muitas causas – e a muitos efeitos; me convertera a várias morais, me batizara em trilhões de filosofias, mas com os pés chutando as marolas, ao lado da estupidez que é a infância, e embora qualquer querubim de algum livro me diga, hoje: "ninguém muda", "a casca é igual ao que há por dentro da casca", decidira mudar a vida outra vez, e quem poderia me provar o contrário naquela época? Enxuguei os pés sentado na cadeirinha infantil, vesti a camiseta para esconder a pança, caso alguma daquelas menininhas de quinze anos, de excelentes bundinhas brancas quaradas ao sol, se virasse, e falei para Brigite:

Estou indo embora.

Você conta bem a história, velho Michi, se a verdade não fosse a garota ter dado um chute na sua bunda antes, muito antes.

Todos riram.

Éramos peritos em contar vantagens e proezas, e não levei Danilo em consideração. Eu não estava interessado neles, sabia que logo me entediaria, nesses reencontros falamos das mesmas boçalidades, das mesmas bravatas.

Mais absurdo do que aquelas façanhas era talvez algo que ocorria somente naquele bar, e nunca se soube a razão: a água era grátis. E ninguém pedia água. Nem desculpas. Nem por favor. Não gosto de forçar a política nas conversas, mas receio que tenha razão o Tio Patinhas, que não me consta ter frequentado aquele bar: "Quem oferece algo de graça jamais terá dinheiro na vida".

Ele fez algo prático: proibiu de os funcionários da sua empresa beberem água enquanto estivessem no trabalho, como uma forma de desagravo.

Se eu fosse mesmo fatalista, e acreditasse no destino, diria que entrar no Luna Beer foi pretexto para reencontrar Rodolfo Velarde. Entre risos, enquanto apertamos as mãos e nos abraçamos, Velarde me fez lembrar que a cortesia é uma das formas mais antigas de ódio, e que quando um ator morre leva com ele para o túmulo mil homens.

Um ator nunca morre, eu disse.

E, com esse mote na cabeça e não as doenças imaginárias de Enéas, Jean Carlos e Salomão, tivemos a ideia de visitarmos juntos o cemitério de Cromane, como naquele dia dos mortos, o cemitério dos Ingleses de Cromane, onde está enterrado o famoso general J. Olivier. Combinamos de classificar as catacumbas em duas listas, conforme as características dos defuntos: ignotos e ignóbeis.

Numa cidade só dois lugares realmente importam: o bar e o cemitério, filosofou Rodolfo Velarde. E fomos bêbados de risos velar os mortos ou ressuscitá-los com nossos hálitos e imaginações. Logo na entrada, o túmulo de Pierre Gringoire.

Pensei que em algum momento na vida todos nós cobrimos alguém de insultos, e depois somos cobertos pela terra, às vezes com estética, mas invariavelmente com total indiferença. A coisa mais simples do mundo, se referiu certa vez Pierre, e já não me lembrava sobre qual tema, mas o certo é que ali, naquele cemitério, a coisa mais simples do mundo era morrer.

Talvez o excesso de solidão tenha provocado virtude no ator, ou talvez o contrário. O fato é que achamos graça de sua comparação do comprimento do nariz de um credor enganado a uma trombeta tocada num cabaré ou bar como aquele em que nos encontramos. Sim, melhor ainda foi quando lançou o enigma maior que o da esfinge: se da árvore da nossa universidade caem frutas como omeletes ou como salsichas. Rimos.

— Você sabia que o autor do drama desses personagens, *L'abandonnée*, o velho François Coppé, está enterrado aqui neste cemitério de Cromane?

— Estranho. Eu pensava tê-lo visto enterrado em Montparnasse.

— Enganaram você, meu amigo, por causa do turismo. Em nossa cidade há muito mais coisas interessantes do que o nosso provincianismo deixa notar. Inclusive aqui neste lugar que parece tão morto – meu amigo cutucava a terra com um ossículo – há figuras tão vivas como todas as daqui.

Não fosse a superstição das pessoas, o melhor lugar para uma festa seria sempre o cemitério. Não importa o barulho que façamos ninguém vai telefonar à polícia para reclamar.

— Desse jeito logo você está repetindo o malogrado Enéas, para quem a vida nunca passou de um baile com seus giros, as risadas e conversas em torno de tudo e de nada.

— Aqui estamos também jogando conversa fora, melhor do que os corpos lançados na terra.

— Então é aqui que tanta gente conhecida vem conversar?

Rimos mais.

Havia duas lápides para o mesmo homem, sob a imensa goiabeira, cujos braços excediam o muro e o lado inteiro da rua, lá fora.

— Este Satin morreu mesmo duas vezes?

Velarde respondeu se balançando em um dos galhos e caindo com os dois pés direto no rosto da lápide, do homem:

— É possível, Michi. Jean Carlos, tão sem luzes e tão corroído pelo sal, acha desse jeito: alguns morrem primeiro quando são desonrados. Se você andar mais nessa metrópole vai encontrar a última casa do amigo chamado Pepel. Ainda me lembro quando o deixamos aqui, e das palavras riscadas no cimento de sua humilde gaveta: "Para que servem a honra e a consciência se não podem ser calçadas como os sapatos?."

Quase me desequilibro e Velarde me abraçou e seguimos assim até encontrarmos a cova. Era um jazigo não diferente de um banheiro de bar, de azulejos do chão ao teto.

"Ora, a honra só preocupa a quem pensa ter o poder e a força."

Numa única linha, alguém havia pichado o fim de todas as dúvidas e as do Sr. Pepel ficaram obsoletas.

A história de cada um pode ser contada em poucas linhas. Não somente a da minha simplória Brigite, que nasceu em qualquer parte, e ainda vê oceanos em cada curva das ruas de Cromane. Ela foi criada pela avó porque a mãe morreu do seu parto. Cada qual deve gostar da própria condição, como nos ensina *A engenharia da Felicidade*.

Ela ganha pouco para viver? Em compensação, mora num sótão barato e vê a todas as horas o céu, e isso não tem preço, como Hana sempre me diz. Nunca vi Brigite se queixar do seu destino, só lhe incomoda o inverno, e mesmo assim, apenas quando vê as flores mortas. Minha Brigite resistiu a tudo.

Quanto mais a vida tenha ensinado sobre a mortificação e as doenças da alma, mais ela aprendia sobre o gosto de viver e sobre essa fome por dinheiro. Era um monstro de natureza delicada contra todos que se punham na sua frente de forma dura e insensível. E vencedora abatia muitos numa noite só, mais do que muitas mulheres durante a vida inteira.

Seu coração expulsava para longe o menor sinal de melancolia, embora algo nos seus genes a empurrasse a toda hora para algum tipo de pântano que se alargava dentro dela, e se podia ver isso nos seus olhos, se prestássemos bem atenção, se sempre não houvesse um espírito generoso ao nosso lado nos protegendo, nos desviando daquelas pepitas cruzes túmulos a todo momento.

Olhando aquelas lápides fico me perguntando se ali não há mais nada senão os nomes, quando há nomes, e nos cemitérios ultramodernos nem cinzas mais. Enquanto a classe média sonha com a cura do câncer os muito ricos pesquisam a imortalidade. Mas continuo olhando as lápides como um narciso às avessas.

— Preciso seguir.

— Eu não, ele respondeu.

E eu disse adeus ali a Velarde, um minuto antes de ver dois anjos sujos fecharem as portas do cemitério.

SMELL

Não precisei ir ao sebo do Geronimo para me encontrar com ele. Vi quando pagou ao taxista e se postou diante da vitrine da molduraria. Parecia de bem com a vida. O nosso assunto? O de sempre. Mulheres. Hana.

Você sabe: sempre considerei um erro sua relação com ela: a mosca no leite.

Sim, quando você bebe, fala desse tipo de coisas, Geronimo.

O bodão escuro na cabrita clara.

Vindo de você...

Calma, não se ofenda. Cada um vive como quer, Michi.

Ele acendeu seu cigarro ao mesmo tempo em que eu acendi o meu.

Onde ela está agora?

Pelo centro.

Eu falo agora: neste exato momento: agora.

Não sei.

Exatamente. Não sabe.

Marcamos de nos encontrar na confeitaria.

Ela está noutro centro. Bem longe de onde você pensa. Eu a vi.

Você continua seguindo pessoas? Isso ainda vai acabar muito mal.

Eu a vi porque tenho olhos. Só isso.

As pessoas vão aonde querem e veem o que querem, haja ou não o que ver, haja ou não aonde ir.

E aquela outra, você tem visto?

Brigite? Nem pagando.

Conheço você. Está mentindo.

Talvez antes, rapaz. Hoje ninguém conhece ninguém. E a depender da idade, nem reconhece.

E sua esposa não se incomoda, você por aí sozinho, brigiteando nas redondezas?

Não se importa.

E por que não? Você já pensou nisso?

Porque sou livre.

Sim, sim, claro. Em nome da liberdade tudo se justifica.

Fumamos.

Você suspeita de todo mundo porque não confia em si mesmo, Geronimo. E eu suspeito de você por causa disso.

Sei. Como se você confiasse... a desconfiança transforma a Hana boa na Hana má: faz com que aquele de quem desconfiamos de uma traição se torne de fato traidor. Se desconfiam de mim, então devem ter razão. Mas a realidade não muda porque confiamos cozido ou assado. Talvez você devesse contar a verdade para Hana.

A verdade? Qual?

Você não é exatamente quem acredita ser. Hana também parece presa no seu próprio delírio.

Ora, você fala como se todos fossem verdadeiros, ou pelo menos você.

Vamos lá, Michi. Pode tirar a máscara. A verdade de que a ama mais fraudulentamente do que ela imagina.

Nossa conversa deve parar por aqui.

Calma. Você está irritado à toa. Todos vivemos fraudulentamente.

Você é azedo demais para entender certas coisas.

Eu, azedo?

Não conheço nada onde você não ponha a treva.

Você não consegue admitir ser amado assim, sob a sombra, essa fraude.

Não temos segredos, eu e Hana. Não somos como vocês: escravos de álibis.

Todos querem o portal da transparência. Porém, desejam mais o portal da sinceridade. E fecham os olhos na hora que convém. Não é?

Aproximou-se de nós um homem vestido num terno lilás, e perguntou como chegar à catedral.

— Muito fácil. Siga em frente, e logo à direita, e depois sempre em frente.

Quando o homem se afastou, comentei:

Ele queria chegar à catedral, Geronimo. E a catedral é à esquerda. Indo à direita ele não chegará de nenhuma maneira.

Eu sei.

E por que você ensinou errado de propósito?

Você não ouviu aquele sotaque?

Sim, estava na cara: é estrangeiro.

Claro.

Mas, por quê?

Simples: não se pode dizer a verdade a estrangeiros, Michi. Se não falam sua língua, minta. Não forneça a verdade aos inimigos.

Era só um turista.

Nunca se sabe. Dê um passo fora do país e eles lhe esfolam vivo. Somos sempre mais generosos do que os outros merecem.

Se Hana lhe ouvisse: ela que diz o quanto não confio na bondade das pessoas.

Há os bons. Se são os nossos. Aliás: você mesmo: de onde é mesmo? E tem passado muito tempo fora.

As coisas mudaram muito em Cromane, Michi.

O homem dentro da molduraria se preparava para fechar. Não se notava antes, mas por detrás do balcão saiu o filho, de uns quatro, cinco anos. O pai segura a mão do garoto e eles brincam um pouco. Acendemos ao mesmo tempo outro cigarro e Geronimo me pergunta:

Se um jovem olha a vida o que ele vê?

Nada.

Deixe de seu mau humor. Se um jovem olha para a vida o que ele vê?

Nada.

Errado. Ele vê uma linha reta. Não, não uma reta, mas a Reta. E um velho olha a vida, e o que ele vê?

Não estou interessado.

Ele deve ver a curva, Michi. Não uma curva, mas a Curva, a Parábola, e nota o quanto o ápice já vai muito longe.

O.k., somos velhos, mas nem tanto.

Você insiste em ver como um garoto. E isso está errado. Veja no que deu a tolice com Brigite.

Vamos mudar de assunto.

Ela era vinte anos mais jovem que você.

Ali não se tratava de idade. Mas de caráter.

Pelo amor de Deus, Michi, ninguém merece um julgamento moral desses.

Talvez você tenha razão quanto a isso: meu urologista me falou algo parecido.

Você tinha trinta e cinco anos, não?
Pelas minhas contas, sim, trinta e cinco.
Era uma menina.
Víbora.
Você sabe o que vou lhe dizer, Michi.
Sei. Você tem estado com ela, não tem?
O que você tem a ver com isso?

Eu continuei olhando para a vitrine. Geronimo repetiu a pergunta, agora sob capa da afirmativa.

Você não suporta essa ideia. Pode desabafar, e falar dos seus pesadelos comigo.

Não são pesadelos. Me deixe em paz.

Você não consegue imaginar sua vida sofisticada em Amaravati sem certos fantasmas, não é?

Nada a ver com isso.

Seus amigos sumiram. E nem eram amigos, Michi. Você abandonou tudo. Sua vida é a vida de um fantasma, uma fraude, e não um teatro, que sua mulher vive uma fraude dentro doutra fraude, está transformando você em alguém rancoroso.

O moldureiro acenou como a pedir licença e fechou as persianas da vitrine e ficamos diante da brancura de acrílico.

Todos têm um rosto. Qual é o seu, Michi?

Apenas esmaguei o cigarro na calçada, nos despedimos, e fomos em direções opostas.

***

Estávamos no mês de setembro, e embora a doença estivesse matando Giacomo, continuava a luzinha verde muito viva no aplicativo de mensagens de texto. Lamentava não poder falar ao telefone, que aquilo atingira também a garganta. Sua resistência à tristeza era espantosa. Bastava ler o caderninho de Hana para se saber disso. Ela às vezes chorava com suas mensagens de superação, seus aforismos, sua força de vontade, suas melopeias, sua vontade de viver.

"Ninguém pode amar mais a vida", Hana escrevera no livrinho, com jeito de diário.

"Não é difícil amar a vida cercado de dinheiro", disse a mim mesmo.

"Não seja tão duro", me repreendi.

"Não seja tão duro com ele; ou com você", Élida me havia dito antes. Logo se via. Ninguém é original no infortúnio.

Tomás, quando soube do assunto, não foi nem mais selvagem nem mais civilizado. Foi Tomás.

"Comigo, esse cara já não era mais um nome em nenhuma caderneta, e sim naqueles lugares floridos, lapidares, onde ninguém lê, e junto com sua Hana, até podia ser, com ajuda da Glockinha."

Tomás me fazia pensar em muitas direções. Uma delas era ter de lidar com Hana como uma doente. Isso me deixava com os nervos cansados e com a impressão de ter fracassado nas minhas escolhas das últimas décadas. Ninguém com o mínimo senso de estética se junta a outro alguém para cuidar daquele na velhice. Nesse ponto devemos saudar a lucidez de Dorothy e do senhor Perrucci quando se completam, como o mal complementa o bem. Todos em algum momento precisaremos de mais oxigênio. Nas veias. Ah, ninguém mesmo pode ter sido mais dedicada que Dorothy.

Quanto a nós, eu e Hana, mantínhamos um diálogo de loucos o tempo todo. Tinha saudade não do trabalho, mas de ação, de vida, e precisava de mais doses de sexo ou o sexo estava em tudo, agora, mas não era sexo, nem gozo, gerando uma satisfação artificiosa, e me detestava quando me pegava olhando para a boceta das mulheres na rua, fotografando como um ladrão rouba a garota de pernas entreabertas na mesa em frente nas praças de alimentação, sonhando com Brigite e Élida e Beth e a jovem esposa de Siberí na idade da filha que não tenho.

Se os homens procuram as mães nas suas mulheres, eu procuro a Filha, mas com medo de enfrentar o próprio pênis numa masturbação melancólica dentro do carro. Eu me via entregue a um jogo que eu mesmo inventara, mas era como se as regras tivessem se autocompletado e o engenho se voltara cruelmente contra mim, e eu era só a fuselagem sem alma que ruía.

Era o fim de um jantar tristonho na casa de alguém, onde ir embora ou ficar não altera aquele mundo melancólico, como no falso mundo dos Wilson, ingleses em tudo, mas personagens sem vida. E como me porto diante de tudo? Não me porto bem. Não me sinto bem fisicamente na maior parte do tempo. Tomo analgésicos quando tenho vontade de chorar, e por isso a vontade vai embora. Durmoacordo sem ação que me distinga de ninguém. Estou plantado diante do céu e da terra, mas é sempre Amaravati todas as manhãs e o medo de a loucura explodir de uma hora para outra nos olhos de Hana é parte da minha doença agora. A doença é uma droga sem a qual ninguém vive mais. A doença é a doença da doença e sem ela não nos toleraríamos nos jantares. Estamos todos drogados. E será preciso sempre aumentar a dose.

Mas voltemos aos doentes: será que qualquer um deles merece nossa compaixão? Há quem diga que não há nada tão poderoso quanto a força da vida e das reabilitações. Se alguém tiver dinheiro, claro.

Não faltavam médicos para lá e para cá; carregado em jatinhos, o material das biópsias atravessava o mapa-mundi, robots-cirurgiões iriam salvar o doente na Pensilvânia, e Giacomo insistia para

Hana se manter pronta, sonhava com dias de alcova, de ela apresentando a ele *sua* Paris, e ele em troca mostraria para ela um mundo novo escondido em Israel, na Turquia, o mundo viril das cimitarras, ou mesmo de Cromane, a cidade se abre quando a vemos com os olhos da felicidade, escrevera, e nada disso custaria a acontecer, era de esperança que se nutriam essas mensagens, milhares, as melopeias, neutras, dessas endereçadas para qualquer Eu também neutro.

Naquele setembro, adiamos uma viagem, terapêutica. O médico de Hana disse que seria bom um mês fora de Amaravati e Cromane. Tentávamos tirar Hana desse torpor em torno do mundo das doenças. Ela comentou o assunto com Giacomo nas mensagens. E recebeu de volta um aceno: *Babe, I love you so/ I want you to know/ That I'm going to miss your love/ The minute you walk out that door.*

Ele melhorava.

Eu era uma sombra solidária cortando a grama.

"Não há o que fazer", eu disse para Tomás.

"Há, sim, meu amigo. Dê o fora. Tenha alguma dignidade. Desça do caminhão."

"Não farei isso, Tomás. Não desta vez. Estou velho, agora. E não é justo. Olhe lá para o jardim. Há muitos michis, durante muitos anos, abrindo e fechando janelas, cuidando de tudo. Dessa vez, não vou perder nada. Para ninguém."

"Nossa, Michi. Como você mudou. Você agora pensa diferente."

"Pensa diferente, como, Tomás?"

"Não saberia dizer."

"Pensando como um rico, por acaso?"

"É isso."

***

Encontrei Hana onde combinamos. A multidão já se aquietava um pouco ao fim da tarde. Quando a avistei me pareceu estar conversando com um dos nossos amigos, o *licoroso* Moisés.

Vi errado ou você estava com alguém?

Estava, ela respondeu, prontamente.

Ah, sim? E com quem?

Com o Moisés.

Ah, não tive tempo de falar com ele no Farsano. Gostaria de falar com ele. Por que foi embora?

Tinha de ir. "Se o Michi perguntar, diga que preciso mesmo ir embora."

Hana estava estranha, e atropelava os assuntos:

Todos que vi enquanto lhe esperava estavam indo a casa para depois irem ao teatro.

Também me encontrei com muitos amigos, eu disse.

Aos amigos tudo.
Encontrei-me inclusive com o Geronimo.
Ah, foi?
Não sei porque gosto do diabo.
É mais fácil.

Sorrimos. Rimos.

Você está sempre certa. Também não foi difícil encontrar um rosto ou outro que o álcool ou o tempo não destruiu.
Mas quem mais gostou de rever?

A pergunta me acendeu. Quem mesmo eu gostaria de rever em Cromane? Minha resposta parecia ir para fora do alcance da cruel inocência de Hana:
Não sei. Me impressionou o Velarde. Cada vez mais vivo.
Esse Velarde é o ator, aquele peruano?
Sim. Você se lembra dele?
Claro. O engraçado é que até achava que ele tivesse morrido há uma década pelo menos.

Ela me beijou, longamente.

Sorte já estarmos a caminho há muito tempo, eu disse.
Sorte e Fortuna são as nossas duas amantes, docinho.

Estávamos de novo um só, lado a lado.

O que resta depois da morte de amantes, se sobrevive um casamento? Uma indiferença fingida quanto ao que houve, ou o fingimento não deliberado quanto à diferença da relação. Afeta a naturalidade? A intimidade? Talvez. Racionalmente falando e também quebrando ovos, e fazendo omeletes. Acho que foi por isso que um dia acordei de um pesadelo onde eu era uma galinha ensanguentada e afogada numa lama de gesso.

Olho para Hana. Ela pusera o xale e parecia mais radiante, sob os reflexos de um céu agora vermelho e nadava no espaço. Era um daqueles dias de tédio excitante que há em quase todos os feriados, exceto quando morre alguém. E ela me trouxe um presente, uma caneta (ou seria uma lanterninha?). Sei que o pacote era pequeno e azul.

Me desculpe, Hana.
Do que você está falando?
Sei lá. De como sou desatencioso. Você me cobre de atenção. Veja só: um presente... E como eu retribuo? Sem a mínima delicadeza de lhe comprar nada.

Ah, então é isso? Tenho mais dinheiro que você, não seja tolo, Michi. Guarde o seu para você.

Tenho a sensação de que estamos na nossa varanda em Amaravati. E penso em lhe perguntar:

Hana, o que acontece comigo?

Estou pensando em como a mim me atraía mais uma espécie de ternura vulgar que muitos confundem com amor. As aventuras e as desventuras me agradam mais, ou a fé, efêmera, de certos amantes, conscientes de se perderem um do outro, desde o primeiro olhar. Todavia, nessa espécie de paixão se resumia a felicidade. Era mais esse tom que qualquer outro, desejara muito essa coisa quando jovem, e levei certas extravagâncias ao limite: Brigite: ela é só parte da minha tendência, diante do resto ela também desaparece. Quantos círculos circundei, não poucos, como se lutasse contra rivais poderosos, como se o amor fosse o gigante rancoroso e fugidio do sempre-mais?

Chega a hora do cansaço, com ou sem felicidade. E vamos levando a vida, já não é ela quem nos leva, nem a morte que põe muitas máscaras somente para divertir o auditório e faz de conta que adia a chegada. De um jeito ou de outro, tenho me desacostumado. De quê? Sei lá. De mim?

Hana, o que acontece comigo?

Alma boa e coração tolo. Às vezes mais dramático do que deveria ser.

Talvez você tenha razão.

Sim, ou você pensa que não sei o quanto você se leva a sério demais? E de como se julga o tempo todo.

Saímos. Aquela estranha revelação de morte piedosa de Perucci, aquele concurso para famintos, me deu ânsias de comida, algo que acontece muito mais a Hana e bem menos a mim.

Ela já sabia o destino. Eu improvisava. Ao bar mais próximo.

Na verdade, não sei bem se era mesmo fome ou para exercitar um pouco do meu voyeurismo auditivo. Eu sei de a expressão parecer absurda, mas me falta a palavra correta para aquele tipo de ato malicioso de escutar as conversas alheias.

Como aquela, truncada, entre os serventes do padaria. Davam conta de uma certa Eusébia que levara à falência o antigo patrão.

— Tem culpa. Tem culpa. Não tenho pena. Uma grandíssima arrogante. Esse tipo de abelha-rainha que mata tudo em torno. O patrão não merecia: era honesto e justo. Olhem lá a peste: lava cada prato, ah miserável, cada prato há de ser cem anos seus no inferno.

— Eusébia deve ser julgada por Deus, não por você, Carmen.

— Deus já a julgou. No meu turno, faço questão de sujar o maior número de pratos, e às vezes desejo a todos nós essas disenterias de verão. Ela terá muito trabalho na latrina. Cuspo no chão a toda hora. A *madame* vai limpar toda a sujeira do mundo com seu suor, ou com seu sangue.

E vemos como lava e esfrega o chão e as paredes. Era uma mulher jovem, com um brilho de verniz fosco no rosto, e quando desviava o olhar e seu pescoço se esticava nos tocava com um tipo de beleza rude. Hana de algum modo interessou-se por ela porque ficou bom tempo olhando fixamente para a mulher num vestido preto decotado. Aqueles olhos superiores se desviando dos nossos terminavam por dizer algumas coisas:

Vocês acham que podem assistir incólumes eu esfregar o chão e lavar os pratos? Estão enganados. Enquanto lavo o chão e vocês conversam? Vocês ficarão felizes por me deixarem uma moeda, é isso? Esta cidade é uma cidade miserável, vocês sabem, bem empregado que um meteoro a parta em mil pedaços, e vocês nem sonham saber com quem estão falando. Até que no meio da noite, vocês ouvem um grito e se perguntam:

"Quem terá sido?"

E, se têm o costume de sonhar o mesmo sonho ao mesmo tempo, vocês se perguntarão:

"Quem grita tão feio assim no meio da noite?"

Meu rosto aparecerá do nada, sorrindo, enquanto esfrego, e meu sorriso fará suas colunas gelarem.

"Sou eu", eu digo, enquanto continuo lavando os pratos e esfregando o piso.

E vocês se voltarão a perguntar:

"O que a faz tão feliz para sorrir com tantos dentes?"

Então, eu direi:

"Há um barco pirata vindo para cá. Seu mastro já consigo ver no horizonte. E ele não errará a pontaria. É um barco negro como suas consciências", eu cantarei.

"Cale-se e não pare seu trabalho sujo, senhora. Você ganha muito bem para cuidar do valioso trabalho dos nossos intestinos", a Sra. Hana dirá.

O Sr. Michi me mandará lá para cima, para escovar velharias, para não verem meu rosto e meu sorriso. Com medo olharão pela janela enquanto o navio se aproxima. Eu estou pronta para chutar suas cabeças, estou fazendo suas camas, agora, mas não permitirei que ninguém durma hoje nesta cidade. Ninguém. E todos colocarão as cabeças pela janela.

"Quem é essa louca acordando todo mundo? O que ela quer?"

"É Eusébia. Sonha com um navio negro, esse que nós vemos."

"É um cargueiro. Ele vai esmagar os prédios como de papelão, e a mulher jura por sua alma que ninguém vai dormir, ou dormirão todos esta noite."

Avistarão o barco dando uma volta pelo porto e dando tiros. O comandante é um jovem louco e apaixonado. E vocês vão pedir a morte quando me virem entrar no navio e sair na manhã seguinte com uma bela fita no cabelo. E o jovem comandante vai colocá-los em fila e me perguntará:

"Mato este agora, ou o mato mais tarde?"

"Mato esta mais tarde, ou a mato agora?"

E eu responderei:

"Por que poupar qualquer um?"

Nas noites seguintes os homens entrarão pelas docas e invadirão suas esposas. Toda manhã me trarão seus filhos acorrentados, e cantarei com voz de sirene:

"Por que poupar qualquer um?"

Isso vai ensinar a todos vocês a velha lição. A velha lição é como música ruim, não deixa ninguém dormir em paz.

*

Quando saímos de lá, Hana estava mais exausta do que quando entrou, e pediu para se sentar no beiral dos jardins da avenida. Vasculhou algo na bolsa, retirou o relógio novo, olhou-o, guardou-o, sorriu para mim ao ver o presente que me dera lá dentro. Mas do nada seu rosto se eclipsou, as emoções evaporaram dali, fiquei outra vez preocupado. Tentei puxar assunto, mas nada me ocorria:

Hana, que vida terrível aquela Eusébia, não? Como há pessoas malucas neste mundo.

Você está falando mais de mim que daquela moça, não é? Eu sou uma dessas pessoas terríveis, disse Hana.

Nada a ver, Hana. Eu nunca disse isso. Por favor, não comece.

Noto no olhar das pessoas.

Tolice. Todos amam você. *Likes* e mais *likes*.

Mentem. Os que dizem sim, e os que não dizem nada. Só fala a verdade quem me diz não. Sou mesmo terrível. Você sabia? Fico na varanda com meu caderninho e não vejo mais uma estrela sequer.

Ora, estrelas só servem para isso, para serem vistas — eu disse, tentando que ela sorrisse. Se estão lá, você as vê, com certeza, Hana.

Não. Não vejo mais nada.

Você falou isso com seu médico?

Tenho evitado os médicos.

Você só está triste, Hana. É natural.

Para você. Para mim, a tristeza só não é pior que o inferno da velhice.

Mas é que você vem de muitas perdas: seu pai, e, de uma certa maneira, até seu filho...

Eu não sei como a frase terminaria. Se eu seria suficientemente terrível para mencionar seu amante. Não foi necessário.

Cale-se, Michi. Não fale mais.

Caminhamos em silêncio.

Sem saber, Hana me fazia lembrar de Tomás. Uma vez ele me falou ao modo dos pregadores:

"Todas as relações acabam quando falamos a verdade, Michi. Enquanto estamos num palco, no jogo, nas representações, tudo segue bem. Não tenho talento para isso. Se atiro, atiro. Somos o oposto: sou o homem mais antiteatral que você vai conhecer na vida. Por isso me detestam. Mas eu os detesto de verdade."

***

Encontramos a contadora Luziane no Mercado da Carne. Estava vestida em um casaco de cetim vulgar e doméstico, e uma dessas calças de malha de modo a suas pernas parecerem as de uma pomba, cingidas por meias vermelhas, de frio, embora o dia estivesse quente. Fora uma das primeiras na repartição de Hana, e se aposentara com sonhos de viajar pelo mundo.

Quem eu vejo senão Hana, a contadora que me substituiu? Sorte a minha. Como andam as coisas por lá?

Já fui substituída também, dona Luziane.

Grande erro, esse. De deixarem nos substituir.

A vida não concede moratórias. Não me queixo.

Ainda hoje pareço uma amputada. Meu membro-fantasma é o meu birô, na repartição. Passo os dias, das nove às dezesseis, abrindo suas gavetas. Ontem tive a impressão de bater o joelho numa de suas quinas – poderia lhes mostrar muitos hematomas. Meus filhos me deram um quarto na casa, e minha única exigência foi: o espaço tem de ser suficiente para esta octagenária e seu birô, mesmo que para eles nenhum dos dois exista lá.

No meu caso, não sinto falta dele. Nem de nada. Moro no paraíso.

O quê?

O que a senhora faz aqui?, perguntei. O mercado anda perto de fechar e já ocorreu de deixarem gente trancada aqui dentro. Me lembrava de Rodolfo Velarde.

Vocês podem não acreditar, mas entrei na rua da padaria, ali perto da Praça do Sol, a dez metros de casa. E de repente aqui estou. Isso é impossível. Nasci e me criei naquelas redondezas.

Acalme-se, eu disse.

Não querem mais que eu saia, e têm razão, têm completa razão. As placas das ruas não querem dizer e não dizem mais nada.

Venha conosco. Daqui a pouco fecham, e as calçadas do mercado viram um condomínio fechado. De mendigos.

Dona Luziane era esdrúxula como uma sereia anciã.

Hana, estou perdida. Ajude a velha amiga a encontrar a saída e um táxi. Sobretudo, não fale nada para eles.

Todos conhecemos alguém que um dia se perdeu, dona Luziane, fique calma, Hana a amparou.

Voltamos por corredores imundos, as portas dos boxes já arreadas, e saímos pelo setor dos açougues. A contadora falava de algo que me atormentava: o dia qualquer que fôssemos só esse quadro branco, onde nada mais se colava, esse nada-consta, a sensação de olhar para as pessoas e não lembrar seus nomes, a confusão mental nos lugares agitados, a temida lousa branca onde irão parar nossas memórias. Esse mundo terminará por engolir a mim, a Hana, a tanto quanto exista, todos desaparecerão, como o Sr. Roger, Dorothy, Cassandra, o casal Wilson, um mundo em branco.

Quando avistamos o táxi a contadora se despediu. Perguntei se sabia como chegar.

Sim.

Perguntei se não seria bom ligar para a casa.

Não.

O carro partiu e levou a mulher e seu birô. Fiquei em silêncio. O rosto de Hana não se alterara e nenhuma ruga se mostrou. Estava tranquila.

Dona Luziane não é conosco. É parte do mundo lá fora, Hana disse.

*

Avistamos o grã-cruz Murricare a poucas quadras do teatro. Era um homem de boa índole e honrado, mas tolo e pesado, e não se entende sua superioridade no mundo diplomático.

Todos com quem sonhei hoje falavam em ir ao teatro hoje à noite. Sabem me dizer que febre é essa?

Sim, sim, respondeu Hana. Vamos ver peça do Grande Meteoro, da grande companhia, do grande teatro, no Teatro Real.

Hana, você é mulher culta e não é ingênua: sabe que o grande teatro está em Paris, em Londres, em Nova Iorque. Em Cromane? O grande teatro? Desculpe, senhora: grande tolice.

Sempre haverá alguém disposto a ver o balde meio vazio – Hana não respondeu isso, mas sei do seu pensamento: é uma das frases que ela nega repetir, mas sempre a frase lhe vem à cabeça quando encontra alguém disposto a estragar seu omelete.

Aposte mais alto, grã-cruz. Quero dizer que essa peça é como se fosse um ser vivo. Uma pessoa real, como nos livros.

Eu me emociono mais com as corridas de cavalos, ele respondeu.

***

Estamos quase lá.

O Teatro Real foi erguido do outro lado do rio, quando era ainda um "O" feito dos primeiros eucaliptos, com um tablado de mogno ao meio. Como os ricos não queriam atores e atrizes fumando por perto, aumentaram os impostos das construções de madeira, mera casualidade, pois o teatro era a única edificação a se enquadrar na nova lei de uso e ocupação do solo.

Assim se decretou o fim da vadiagem. Os atores usaram a madrugada para desmontar o prédio e remontá-lo, tábua a tábua, tal qual ou melhor, no novo local: nas ruínas da fábrica de tecidos, erguida sobre outras imemoráveis ruínas, como o bangalô da amante chinesa do barão Laudino, e do seu filho, e do seu neto, o barão Roosevelt, a ruína de todos os amasios, e depois o antigo Tiro de Guerra, de qual pouca gente se lembra, também.

A imagem dos atores e atrizes varando a noite com tábuas às costas não impactou somente os pintores, mas também o barão-governador. Ele prometeu um novo "conjunto arquitetônico" à comunidade e, para isso, nomeou imediatamente um adido cultural para conseguir recursos no exterior. Dessa forma, seu cunhado viajou à Europa.

Então se passaram vários anos desde o embarque e nesse tempo somente as tábuas da triste pintura se moviam. O benfeitor recebia ajuda de custo sempre reajustada, mês a mês, ano a ano, lustro a lustro, mas não havia correspondência enviada com selo para resposta que o alcançasse.

Quando enfim foi encontrado, não é que não somente houvesse esquecido a missão: sequer dominava mais seu idioma natal, e a única justificativa que dera aos emissários a fez em inglês, mas está traduzida e não sei por qual razão gravada na placa aos pés de um sátiro de bigodes de dois palmos, no hall do teatro:

"Preferirei sempre um pedaço do cais do Sena à sombra do Louvre a todas as paisagens do Novo Mundo."

Contudo, conseguiram converter em algum dinheiro a propriedade não na França, mas em Portugal, depois de pagos impostos, claro, que os portugueses já taxaram e taxearam até o mar. Quando finalmente o valor chegou a Cromane, gastou-se logo metade na comemoração pela repatriação da soma e, para isso, se contatou a banda de música, do genro do barão. Mas no dia seguinte se iniciaram as escavações; em dois meses se ergueram as pilastras, e em um ano já havia algumas paredes de pé, rebocadas e penteadas, quando a fiscalização descobriu outra vocação para o terreno, onde hoje é o shopping. E o que aconteceu? Se demoliu tudo e se construiu o teatro onde ele está agora.

Depois, o tempo inverteu tudo. Vieram novos incentivos, e o novo Real se tornou um marco da Arquitetura da Madeira no país. O novo palácio do governo quis sua honorável vizinhança e se instalou ali, e alterou o registro no Instituto Histórico de Cromane para garantir terem chegado primeiro, tanto o Palácio dos Príncipes, a edificação com o rosto de Platão, quanto o Palácio da Justiça, o prédio branco como a cabeça de Demócrito, tudo em torno da praça com todas as musas, inclusive a do dinheiro, além dos baobás cujas raízes, se puxadas por um gigante através desses dutos subterrâneos, balançarão as copas de outros baobás no Congo ou na Nigéria.

Fim das divagações, mas o fato foi que por muito tempo não se falou em Verdi, Rossini, Puccini nem Mascagni, e o teatro passou doze anos fechado, mais ou menos o tempo em que nos mudamos para o paraíso de Amaravati.

Agora, as flâmulas de "De volta ao povo" e Viva o teatro" estão estendidas por toda a quadra, porém as maiores tremulam ao longo das colunas de doze metros de altura da fachada.

Quando chegamos, o espetáculo das pessoas já havia começado. Moviam-se diante de nós. Ramires

D'Arco, o pobretão de muitas gerações, prodígio em tudo, alcoólatra aos 12, próspero servidor público aos 18; fora convertido a pastor amado por milhões, em seis meses. Ele fala com as pessoas tocando a c'roa dos homens e a nuca das mulheres. Todos vêm receber os choques do pastor Ramires, como por exemplo Helena, a cantora, que nunca aceitou o pai que o código civil e o genético lhe deram.

Era um homem que jamais lia a bíblia, Deus não se esconde nesses livros nem em nenhum, dizia, e seus cultos contavam com a inspiração soprada diretamente pela Pomba do Espírito Santo, uma chupeta transcendental ligada às baterias do Senhor. Pessoas contavam que desmaiavam quando o bispo Ramires pronunciava palavras como "Arcadaliança" ou "dinheiro". Contudo, Ramires se entediava logo, e criava uma igreja depois de outra, pentescopais, episvangélicas, dos últimos dias, metodangulares, quadróticas, enfim, ele sofre desse tédio que acompanha o protestantismo no grosso e no atacado, no decorrer desses cinco séculos. O próprio Ramires estava mudando com o tempo, e ninguém mais lembrava que aquele homem feliz parecido com o coreano da academia de taekwondo era o mesmo pobretão moreno-escuro da roça de anos atrás.

Ele me tirou do inferno, o Alzheimer, não o da memória, mas das emoções.

Como é isso?

Não sei. Tocou minha nuca e chorei. Tocou minha cabeça e esqueci várias coisas. Das minhas injustiças.

Não era isso que eu esperava – falou Antero Nobre. Eu o supunha morto em acidente de carro, aos 30 anos, e há trinta anos – Me fez lembrar que morte&vida são a mesma bebida, ele finalizou.

*

No saguão de todo teatro deveria haver um piano. No Teatro Real, há. Mesmo sem ordem ou ofício, Homero Fusco começou a tocar. Ele é um magrelão, a cabeça parece um cacto ou uma bromélia.

O ator Marco Antonio Varela detestava o teatro. Não havia espetáculo que agradasse seu obstinado rigor. Passou anos em Londres e o clímax desse Procópio Ferreira foi um comercial de carnes desses entrecôtes das lutécias da vida. Ele está conversando com o outro ator, Marsiano Vilar, o velho escritor da Nova Estética. Certa vez, foi esse esteta que quase quebrou com estilo a cara do crítico teatral Guillerme Maricone.

Do melhor ângulo de seus dois metros e dez de altura ele não se compadeceu do metro e meio do pobre Guillerme. Os punhos de Marsiano Vilar Baraúna transformaram a luta em um monólogo, ali dentro, no meio da plateia, antes de começar a peça, enquanto Jana Sedova, a diretora do teatro, gritava lá de cima:

Isso mesmo, isso mesmo. Pode bater. A casa é sua! A casa é sua, Marsiano!

Não participamos da vida social de Cromane, mas não estamos distantes o suficiente para as pessoas terem nos esquecido. Ao teatro vamos sempre, mas os coquetéis, os debates, os saraus, os *vernissages* não prosperam por nossa causa.

Todos que vão ao teatro são atores ou personagens, principalmente os que ficam na plateia. Como a atriz Vera Maia.

Obrigada, professor Michi, levo em consideração sua opinião. Está sendo somente generoso.

Não, Vera. Falo de verdade. Você é excelente.

Nada. Fiz uma temporada péssima, concordo com os jornais.

Ora, não leia jornais. Ator ou autor nenhum jamais deveria ler as críticas. Viu bem a irritação do Baraúna com o nem sempre excelso Maricone.

Falo mais de autocrítica. Não estive bem.

Sim, você tem razão: reconhecer falhas é só para os gigantes. Mas respire: uma temporada não quer dizer nada. É como um campeonato.

Fiz do teatro minha vida, e às vezes sinto que o show já terminou.

Você tem razão, de novo: quem é terreno não é eterno. Toda mulher é Gaia, a terra. É também sábio reconhecer a hora de parar. A arte devia ser menos longa e a vida mais breve. Como a nossa presença e o seu vestido, que são formas diferentes de felicidade!

De repente, Vera Maia fechou a cara e saiu.

Antes de Hana me falar algo, perguntei:

Que houve com ela?

Você está se tornando um sujeito grosseiro, só isso, Michi, e não é com eles&elas: é com todo mundo.

Nunca fui grosseiro com você, pelo menos. Já ouvi falar de quem já. Mas eu, nunca.

Você está falando sério ou se perdeu no seu teatro?

TOUCH

Saí para fumar um cigarro e relaxar um pouco daquela tensão inútil com Hana. Me sentei num banco na praça das Musas, logo em frente ao Teatro Real. Terminei cochilando, não sei por quanto tempo, e sonhei. Estava na guarita suja do exército, depois no antigo bar, servindo atrás do balcão com livros enfurnados no armário... lá fora podia notar o quanto o mar lentamente desmanchava os rostos na parede das falésias gigantes. Brigite? Tomás? Geronimo? Beth? Amara? Giacomo?... escombros, fantasmas em busca de antigas máscaras...

Noutro tempo-lugar, eu abraçava Hana à beira-rio, enquanto a água se esguichava diante da fonte do teatro. Tudo era muito nítido e vivo. Eu contava a ela de um sonho que tivera, e éramos ao mesmo tempo os espectadores e os personagens no palco que diziam, em sua conversa:

— A nossa vida é de segunda mão.

— Devia parar de maldizer a vida. A vida é um presente.

— Você fala como os ricos.

— Quem me dera.

— Onde e quando nos conhecemos, você se lembra?

— Faz tempo.

— Melhor não mexer nas feridas.

— Nunca.

— Seria bom se a vida, de primeira, segunda ou terceira mão, nunca passasse de um teatro de repetições felizes.

— O tempo todo estamos somente tentando fugir. Seja qual for a hora que informe o relógio da torre, não dará tempo de falarmos tudo.

— Nem se tivéssemos todo o tempo do mundo falaríamos tudo.

— Está quente aqui. Sobre o que você gostaria de conversar?

— O que você quiser.

— Sim.

— Quando tento saber algo de verdade sinto que algumas partes de mim se apagam, a cada segundo.

— Não há higiene melhor do que esquecer.

— Ultimamente todas as pessoas que tenho conhecido ou são diplomatas ou políticos. Não são pessoas de verdade.

— A verdade... Sei da minha. De mais ninguém. Ontem tive vontade de queimar livros, que são como pessoas. E me calar.

— Mas não há somente pessoas reles no mundo, há também as extraordinárias.

— Comente.

— Comentar? Como assim?

— Dê exemplos.

— Exemplo? Um ator, ele acorda a cada dia outro homem.

— Engano seu. É sempre o mesmo.

— Não, não. É tipo superior: desafia o tempo. Não envelhece.

— E nós, estamos no palco, nas coxias ou nos porões?

— Estamos onde estamos.

— Me deixe entender melhor: se ao homem extraordinário a história concede o direito ao crime, que acontecerá se o agente do crime se enganar e for um homem comum que se julga extraordinário?

— Você às vezes fala como um político degenerado em filósofo.

— Não me envolvo com política.

— E por quê?

— Por que o quê?

— Ora, por que estamos aqui, afinal?

— Me diga você.

— Culpas.

— Não pode ser por culpa. A culpa é sempre dos outros.

— Já ouvi dizerem isso dos pobres.

— Meu pai detestava o modo como eu levava a vida.

— Droga, meu telefone ainda sem conexão. Que lugar miserável é este?

— O nosso.

— Mas apesar de toda a miséria continuamos vivos e não desejamos a morte.

— Se é racional quem sinta as maiores dores desejar a morte, é também razoável pensar na morte porque não se sente mais nada. Toda vez que falo da morte me lembro de minha mãe.

— Já falei? A memória é sempre inconveniente. Do que mesmo morreu sua mãe?

— Estava com aquela doença.

— Qual?

— Você não sabe nada sobre a força das palavras? Não se pronunciam nomes de certas doenças. Mais do que as doenças, as palavras são contagiosas.

— Ah, as palavras estão mortas e não dizem mais nada e servem para pouca coisa hoje em dia. Mas, qual a doença?

— Aquela, aquela... mas esqueça. O mal a reduziu a um feixe de ossos acabrunhados, o corpo era uma trouxinha de carne seca... mas o rosto se conservou tão sedoso quanto uma uva macia. Na hora das visitas, cobríamos mamãe com lençóis muito lisos e limpos, escondíamos a logomarca do hospital público, das pontas... morreu, mas sem perder o viço da face, não fez feio nem envergonhou ninguém que a visitou... o homem da funerária ainda aplicou *rouges*, sombras, batons de cacau, e aquelas gotinhas que se põem nas têmporas pra simular um pouco de suor...

— Não: um pouco de frescor. Eles fazem isso quando vão filmar frutas para os comerciais dos supermercados. E repetem isso mesmo, nas feiras.

— O agente funerário me disse algo que me comoveu. "Nem precisava."

— Nem precisava do quê?

— Daquilo, da maquiagem... ele disse isso: nem precisava. E me parabenizou. Aquilo me deu a sensação de ter cumprido um dever, sabe? Como tinha de morrer mesmo, que mantivesse uma excelente aparência, isso é o que importa.

— Não, não se trata de maquiagens.

— Não?

— Tomás, que é do ramo frigorífico, me disse: injetam produtos químicos.

— Que perversidade, com minha mãe, não...

— São produtos cancerígenos mas nesses casos não fazem tanta diferença, não é?

— Não.

— Isso melhora também o cheiro.

— Estou falando sério.

— Eu também. Eles injetam proteína de soja, a mesma que aplicam nas carnes. E proteína de mandioca, que é mais barata.

— Tinha excelente aparência, isso é o que importa, já disse.

— É, chega do mau gosto do pessimismo.

— Não se trata de pessimismo. O pouco, com a razão, é muito. A vida, feliz ou infeliz, é curta.

— Sim.

— E se vivem as horas, os anos, séculos até, mas tudo se resume a um dia.

— Só o sol é o mesmo e todo dia volta.

— Planeta, planta, homem ou inseto. Tudo vai. Nada volta.

— Em algum ponto há de se encontrar um retorno. A vida é *highway*, mas também rotunda.

— Desista. Mesmo que haja um ponto de retorno, se deve ignorá-lo. A memória é o diabo do homem. Isso da memória faz com que todos sejamos enterrados vivos. Pior é que não gostem de sua foto e de sua roupa.

— Seria um sonho terrível acordar morto e já empurrado de novo para a vida.

— Há pessoas que mesmo vivas já estão realmente mortas.

— É bem pior. Infelizmente não estamos dormindo nem sonhando agora. E o sonho é a única coisa que se parece com nossa consciência. Mas melhor seria a escuridão. O sonho de desaparecerem todos os sentimentos. Com total indiferença.

— Até ninguém tolerar ninguém, eu acho.

— Compreendo seu rancor e amargura, mas a minha esperança era lhe mostrar que a experiência da vida deve nos tornar mais humildes e tolerantes.

— Não me venha com lições.

— Aprenda que há vozes superiores no homem.

— Sim: o dinheiro.

— O espírito.

— Tudo é corpo.

— A beleza.

— Tudo é propaganda e engano.

— Escuta! Que uivos são estes?

— São silvos, não uivos.

— Parecem uivos!

— A tempestade encontra caminho entre os caniços e nas rachaduras da torre. Daí os assovios. A essa altura, derrubou a torre, e não saberemos mais nada sobre o tempo.

— Definitivamente: são uivos. Por que você tenta me enganar?

— Não estou lhe enganando, não precisa de mim para isso. Todos se enganam sozinhos.

— E que outro barulho horrível é esse dentro da tempestade?

— O latido do meu cão, com outros cães, de todos os vizinhos do condomínio. Será que criamos cães para enfim se alimentarem de nossa branca gordura?

— Você realmente não tem medo?

— Não. Leio todos os *sites*. Estou sempre bem informado. Sei, por exemplo, que os cães latem e assim impedem que os mortos voltem ao mundo dos vivos.

— Minha preocupação é justamente o contrário. Não há quem nos livre de visitar o mundo dos mortos?

— Desista.

— Que mau cheiro é esse? São eles? Ou somos nós?

— Não tenha medo. Se fede, não é a morte; a morte é nada, não fede nem cheira.

— Mas vida também não é.

— Imagino...

— ...Memória e sonho.

— Nunca é bom confiar nos sonhos e menos ainda na memória. São víboras copulando.

— A vida é mais que a realidade. É um poderoso teatro.

— Foi isso que você não entendeu.

— Não?

— Não.

— A vida não é sonho?

— Não.

— Nem teatro?

— Não. Apenas brechas, fendas e bocas, vozes, ruínas e flores que germinam, indefinidamente, para dentro da terra.

[finis]

Sobre o autor

Sidney Rocha (n.1965), [sidneyrocha1@gmail.com], escreveu *Matriuska* (contos, 2009), *O destino das metáforas* (contos, 2011, Prêmio Jabuti), *Sofia* (romance, 2014), *Fernanflor* (romance, 2015) e *Guerra de ninguém* (contos, 2016), todos publicados pela Iluminuras. *A estética da indiferença* é o segundo livro da trilogia *Geronimo*.

Este livro foi composto
com as fontes Minion Web e League Gothic,
impresso em papel *off white*, Pólen Bold 80 g/m²,
para a Iluminuras, em outubro de 2018.